변외

박지리 장편소설

욜로욜로

스피노자의 선에 대한 이야기를 듣는 내내 이제 저렇게 훌륭한 인간은 다 죽어 버린 건가, 하는 생각이 들었다. 백년 후 윤리 교과서에는 2천 년대 이후의 인간들은 전멸. 가련한 마하트마는 그곳에서도 여전히 물레를 돌리고 있으려나.

하지만 말이야, 알고 보면 스피노자도 호수에 비친 자기 얼굴을 보고 한 번쯤은 도대체 왜 태어났는지 모르겠어, 죽어 버릴까 하고 생각했는지도 몰라. 간디도 너무 힘이 드는 날엔 물레에서 뽑은 실로 제국주의자들의 목을 조르고 싶은 충동을 느꼈는지도 모르고.

모든 걸 이런 식으로 생각해 버리면 지구는 한 알의 거대한 푸른색 수면제가 되어 버린다.

하품이 나네.

인간은 다 거기서 거기라는 단언 말이야. 성직자와 살인자 중 어느 쪽의 입에서 나오는 걸 더 믿을 수 있을까.

그게 가장 하품 나는 질문이야.

교실 창밖 공사장 쪽에서 인부 한 명이 철근을 씌운 건물 지붕을 걸어가는 모습이 보인다. 높고 좁은 곳을 혼자 걸어가는 게 멋있어 보여서 손을 들어 인사하고 싶었지만 혹시 놀랄까 봐 그만두었다. 그런데 그때 어디선가 쾅 하는 폭발음 소리가 들린다.

모두들 깜짝 놀라 웅성웅성하는데 선생님만 혼자 전혀 동요하지 않은 채 지루하기까지 한 얼굴로 조용, 조용, 덤프트럭에서 철근 더미를 내려놓는 소리야, 하며 소란을 잠재운다. 저런 식으로라면 세상에서 발생하는 모든 쾅 소리를 공사장에 뒤집어씌울 수 있겠다.

쾅!

뭐지? 탱크가 교문을 부수는 건가?

조용, 조용. 공사장에서 크레인으로 쇠 파이프를 옮기

다가 건물이랑 부딪치는 소리야.

쾅!

드디어 폭탄을 터뜨렸나 봐. 어서 피하자.

조용, 조용. 공사장에서 말뚝을 박는 소리잖아. 모두 스피노자에 집중.

쾅!

전쟁이다. 공습. 공습.

조용히 하라니까. 저건 공사장에서…… 으악.

세 차례의 경고를 무시한 대가로 네 번째 쾅은 바로 선생님 머리 위에서.

하지만 역시 선생님이 옳았나. 이제 굉음은 멎고 공사장 쪽에서 뿌연 분진이 피어오른다. 정말 정확하게 트럭에서 철근 더미를 내려놓는 소리였나 보다. 다시 지붕 쪽으로 시선을 돌렸다. 그런데 방금 전까지 지붕 위를 걷고 있던 인부가 보이지 않는다.

놀라 떨어진 걸까?

죽었겠지.

수업 종료 벨이 울리자 선생님은 오늘은 이만, 이라는 말 같은 것 없이 스피노자의 초상화가 실린 윤리 교과서를 덮고 조용히 교실을 나간다. 문을 조금만 열어 그 틈으로 몸을 넣고 다시 문을 닫는 모습이 미끈한 뱀이 잠깐 선생 노릇을 하다 시간이 되자 옷을 다 벗고 슬그머니 사라지는 것 같다.

수학 숙제 했냐?

했지.

나 좀 보여 줘. 얼른 베끼고 줄게.

보여 주면 뭐 해 줄 건데?

뭘 해 줘야 하는데?

오늘 하루 동안 내 종이 되는 건 어때?

좋아. 수학한테 맞는 것보단 나으니까.

옆 분단 애들의 대화 소리를 듣고 내가 수학 숙제를 했던가, 수학 숙제 같은 게 있었나, 생각하며 책을 펼쳤는데 역시 모든 문제에 대한 답이 비어 있다. 숙제를 한 애에게 나도 보여 줘, 나도 오늘 하루 동안 네 종이 되어 줄게,라고 부탁했더니 그 애는 됐어, 됐어 한다.

괜찮잖아, 넌. 숙제 같은 거 안 해도.

그래, 설마 수학이 널 때리기야 하겠냐. 어차피 쉬는 시간도 거의 끝났는데 그냥 있어.

그냥 있어, 그냥. 넌 그래도 돼.

근데 이거 답 틀린 거 아냐?

어허, 종이 감히 주인에게 틀렸다고 하다니.

특수반에 다니는 학습 부진아가 된 것 같다. 5분 안에 이 많은 문제를 푸는 건 불가능하니 몽둥이로 엉덩이를 맞길 기다리는 수밖에 없다. 그런데 만약 정말로 수학 선생님이 숙제 안 한 애들을 모조리 일으켜 세운 다음 내 어깨에만 손을 얹으며 너는 앉아도 돼,라고 한다면.

나는 가방을 싸서 교무실에 있는 담임 선생님에게 갔다.

머리가 아파서 조퇴하고 싶은데요.

많이 힘드니?

네.

그래, 어제는 많이 피곤했을 테니까, 하면서 담임은 아기처럼 통통한 손으로 바로 조퇴 확인증을 끊어 준다.

그날 이후로 뭐든 이렇게 쉬워졌다.

교문을 지키는 수위 아저씨에게 담임의 사인이 적힌 조퇴 확인증을 내미니 아저씨는 내가 황당하게 죽은 그 영국 왕세자비의 프린스라도 되는 것처럼 숙연하게 고개를 끄덕이며 문을 열어 준다.

처음엔 좋았지. 정말 프린스가 된 것 같은 기분이 들

어서. 하지만 이젠 저 제스처가 나도 그날 죽었어야 한다는 의미로 느껴진단 말이야.

교문을 나서는 순간 돌아갈까, 수학 선생님이 자리에 앉으라면 그냥 순순히 앉으면 되지, 특수반 부진아로 취급받는대도 나쁠 건 없잖아, 어차피 별 차이도 없으니까, 하는 생각이 들었지만 두 발은 이미 학교 밖에 나와 있다.

역시 이제 와 돌아가는 건……. 조퇴 취소 확인증 같은 건 발급받지 않았으니까.

승용차 크기에 맞게 설계된 좁은 도로를 덤프트럭들이 곡예를 부리듯 왔다 갔다 한다. 트럭에서 흘러나온 모래 가루가 사막에나 생기는 신기루처럼 시야를 흐린다.

학교 맞은편 부지에서 대규모의 아레나 공사가 진행되고 있다. 내가 입학하던 해, 신입생 학부모회에서는 공사장으로부터 학생들을 어떻게 안전하게 지킬 것인가를 두고 교장과의 면담을 요구했는데, 그중에 엄마가 끼어 있었다는 사실은 아직도 부끄럽다.

어머님이 꽤 활약하시던데,라고 말하며 내 어깨를 치고 지나갔던 담임에겐 일 년 내내 약점이 잡힌 것 같았다.

한가한 시간인데도 차들이 꼼짝을 않는다. 어디서 사고가 난 걸까. 바람이 불자 땅으로 가라앉기 직전이었던 모래알들이 다시 한번 공중으로 흩날린다. 중금속이 섞여 있어서인지 예쁜 보석처럼 반짝반짝.

멈추어 선 사람에 불이 들어와 있지만 나는 그대로 도로를 건넜다. 신경질적으로 클랙슨을 누르는 소리가 정차한 차들 사이로 울려 퍼졌다. 내가 비둘기 같은 것이었으면 주저없이 받아 버렸겠지.

'안전펜스 설치를 요구하는 만 명의 서명서' 같은 건 이렇게나 쓸데없는 일인데.

한가한 아줌마들이 벌이는 그런 장난 같은 일에 내가 서명을 했다는 사실이 여전히 부끄럽다. 나중에 그걸 가지고 협박을 당하는 건 아닐지.

공사장 주변은 거대한 성벽을 둘러놓은 것 같다.

임시 벽면에 컴퓨터 그래픽으로 만든 아레나의 완성 그림이 붙어 있다. 아직 존재하지 않는 미래의 아레나가 외계에서 온 우주선처럼 고독하게 착륙해 있다. 그 옆에 지금 실제로 존재하고 있는 문구점이라든가, 음식점, 서점 같은 건물은 완전히 지워져 있다. 설계자는 포토샵 프로그램을 이용해 보기 좋지 않은 구역을 지정한 뒤

전체 삭제 버튼을 눌렀겠지. 자세히 보니 아레나 주변의 가상 거리를 오가는 가상의 인간들은 모두 유럽형 인종이다. 우리 동네에 이런 체형과 피부색을 가진 사람은 한 명도 없다.

이 그림을 현실로 만들기 위해선 아레나가 완성된 다음 날부터 문구점 아저씨 같은 사람은 절대 이쪽 거리로 와서는 안 되겠다.

거기, 아저씨. 아저씨는 저쪽 뒷길로, 안 보이는 데로 돌아가세요.

왜? 아레나에 뭐가 잘못됐나요?

아니, 아레나는 완벽해요. 잘못된 건…….

이 그림을 그린 원작자와 그림을 그대로 전시하도록 허가한 관청, 그림을 보고도 몇 년째 아무 이의도 제기하지 않는 사람들은 이런 미래를 만들고 싶은 거겠지. 미래란 편향된 심미관을 가진 사람들이 그려 내는 풍경화.

누구나 마음속에선 직사각형 콧수염을 다듬고 있나 봐.

다듬은 콧수염이 입으로 들어가 목에 걸리는 상상을 해서 그런지 갑자기 숨이 막혀 온다. 가로수 한 그루를 붙잡고 기침을 하는데 공사장 입구 쪽이 소란스럽다.

허리춤과 목에 수건을 두른 전기, 토목, 운전, 배관 기술자 수백 명이 일제히 거리로 쏟아져 나오고 있다. 땀에 젖어 원래 색보다 한 톤 어두워진 회색 셔츠, 못에 걸려 뜯긴 카고 바지, 작은 연장들이 꽂혀 있는 작업복 조끼와 현장 비속어로 대화하는 거친 목소리가 길을 점령하는 순간 도시가 뱉는 숨소리가 달라진다.

나는 그들의 행진에 방해가 되지 않도록 가로수 뒤로 얼른 몸을 숨긴다. 그러지 않아도 저 사람들 눈에 나 같은 건 보이지 않겠지만.

나는 인간을 동경하는 새끼 쥐처럼, 숨을 헐떡이며 일꾼들의 행렬을 지켜본다.

이야, 진짜 인간들이네. 진짜 인간들이야.

중학교 졸업 기념으로, 아버지와 엄마, 여동생과 함께 호수로 여행을 갔다. 장소도 날짜도 모두 아버지가 계획한 여행이었다. 세 시간이 걸려 도착한 호수를 보고 아버지가 뱉은 첫마디는 별것도 없네,였다.

대체 왜 이런 곳이 유명 관광지로 선정된 거야?

호수는 고요했다. 아무 움직임도 느껴지지 않았다. 애초에 고여 있는 물일 뿐이니까. 아버지가 너무 실망한

것 같아서 우리 중 누군가 발을 헛디뎌서 빠지거나 스스로 뛰어들면 호수에 별것이 생길 텐데, 하는 생각이 들었다.

돌아오는 길에 차에서 이상한 바람 소리가 나 갓길에 급히 차를 세웠다. 아버지는 무엇이 문제인지 몰라 겁에 잔뜩 질렸다. 어둠이 깔리면서 지나가는 차들이 하나둘 라이트를 켜기 시작했다. 아버지는 큰일이다 하며 차를 자세히 살펴볼 생각도 않고 정비소에 연락부터 했다. 정비 기사가 올 때까지 비상 깜박이를 켜 둔 채 어둠이 내린 고속도로에 서서 한참을 기다렸다.

아버지가 위험하니까 모두 붙어 있자고 했다. 아버지가 담배를 피우는 사람이라면 좋을 텐데,라고 생각했다. 엄마는 우리를 껴안고 즉석에서 하나님 아버지라고 기도했다. 엄마가 아버지를 무능력자라고 부르며 할퀴었으면 좋겠다고 생각했다.

얼마 뒤 달려온, 아버지와 비슷한 연배로 보이는 정비 기사가 앞문 유리창에 낀 작은 돌 조각을 꺼내면서 이게 문제였네요, 하며 보여 줄 때 느낀 부끄러움이란. 뭉쳐 있는 우리를 보고 많이 무서우셨나 봐요, 하며 허허 웃었을 때 느낀 부끄러움이란.

아버지, 전 차라리 새끼 쥐가 되어 어딘가로 도망가 버리는 게 낫겠다 싶었어요.

정비 기사가 떠난 뒤, 차에 다시 시동을 건 아버지는 뒤에 앉아 있는 우리를 백미러로 보며 말했다.

휴일에 쉬지도 못하고 이런 데까지 불려 다니다니, 저 양반 신세도 참 딱하네, 그렇지?

백미러에 비친 인간의 눈은 원래 다 그렇게 야비해 보이는 걸까.

유리창에 낀 돌 조각 하나를 빼지 못해 전문가를 부른 사람이 이제야 거들먹거리는 건가 싶어—아버지, 잠깐만 귀를 막고 계시겠어요?—혐오스러웠다.

아빠, 아빠. 그럼 저 아저씨네 애들도 휴일에 아무 데도 못 놀러 가겠네? 아, 너무너무 불쌍하다.

여보, 여보. 공무원은 톨게이트비를 할인 못 받아요? 그것도 그냥 공무원이 아니라 경제부 공무원이잖아요.

아버지를 왕이라고 생각하는 여동생과 엄마. 꼼짝 않는 도로. 너무 많은 인간들. 피라미드. 그때 이런 생각을 해 봤어.

어느 날, 이 세상이 모두가 바라던 대로 어느 위대한 독재자에게 지배당하게 된 거야. 인간의 마음을 너무나 잘 아는 이 독재자는 즉위식 아침이 밝자마자 너희들 평등한 거 좋아하지? 키득거리면서 인류가 만들어 낸 모든 문명에 불을 지르고 이 세상을 원시시대로 만들어 버려. 새로운 시대에는 새로운 슬로건이 만들어지지.

펜과 종이는 악. 땅과 육체는 선.

위대한 독재자는 바라고 있지. 새로운 세계에 적응하지 못하는 인간들은 모조리 다른 인간이 밟고 다니는 땅이 되어 버리기를. 새로운 시대에는 새로운 슬로건에 합당한 새로운 인간이 필요하니까.

평평하게 부서진 피라미드. 저기를 봐.

정비공은 벌써 먹을거리를 찾아 나서기 시작했어. 그는 그다지 좌절한 것처럼 보이지 않는군. 질긴 풀로 돌에 나무를 엮어 벌써 도끼를 만들어 냈네. 제법이야.

자, 본격적인 이야기는 이제부터 시작이야.

VOL. 1 경제부처 6급 공무원이었던 김 사무관의 가족들은 이 새로운 법칙의 세계에서 생존할 수 있을 것인가.

VOL. 2 세 식구를 먹여 살려야 하는 김 사무관의 운명은?

VOL. 3 과연 김 사무관의 아들은 무능력한 아버지를 때려눕히고 새로운 시대의 가장으로 등극할 것인가.

인기리에 연재 중. 초판본 구매자에 한해서 저자의 사인이 담긴 그림엽서 증정.

SF 만화가가 되겠다고 하면 아버지, 엄마, 여동생 모두 죽어 버린다고 할 것 같아 자체 검열 끝에 진로 계획서에는 공무원이라고 적었다. 김 사무관의 아들은 역시 김 사무관의 아들.

공사장 인부들이 모두 식당으로 들어간 뒤에야 나무 뒤에서 나왔다. 오전 11시 30분에 시작되는 이른 점심 시간. 한 끼라도 걸렀다간 일을 전혀 할 수 없는 사람들의 원초적인 노동력. 어느 정도로 배가 고픈 걸까. 당장에 밥을 먹지 않으면 죽어 버릴 것 같은 느낌일까. 밥을 먹고 나면 되살아난 것 같은 힘이 느껴질까.

언제부터인지 나는 하루 온종일을 굶어도 배가 고프지 않다. 배가 고픈 게 어떤 느낌인지 잊어버린 것 같다. 세 끼를 모두 먹고 간식까지 먹어야 하는 주말에는 고통스러워 땀이 뻘뻘 난다.

인간이 하루 종일 배가 고프지 않다는 건, 뭔지는 몰라도 아무튼 제대로 살고 있지 않다는 거 아니야?

누가 그렇게 비난할 때를 대비해 허기가 느껴져야만

제대로 살고 있는 거라면, 허기가 느껴지지 않는 사람은 제대로 살지 않기 위해 제대로 살고 있는 것일 수도 있어,라고 반박하는 말까지 준비해 놓았는데.

역시 제대로 된 사람이라면 단번에 내 열등감을 알아채고 비웃을 것이다.

되게 제대로 살고 싶긴 한가 보구나. 그럼 먹어야 해.

닥터 장은 5, 6회 차 때부터인가 상담을 시작하기 전 매번 내 몸무게를 체크했다. 어느 순간, 내 몸무게가 원래대로 회복되지 않으면 이 상담이 이상한 방향으로 흘러갈 수도 있다는 것을 눈치챘다. 그다음 상담 때는 주머니에 쇠구슬 몇 개를 넣고 저울에 올랐다. 하나에 100그램이어서 매번 세 개씩 늘렸다. 쇠구슬 개수가 너무 많아져 주머니가 늘어지는 게 눈에 띈 이후론 발목에 모래주머니를 찼다.

어느 날, 닥터 장이 체중계에 올라서려는 나를 막아섰다.

아무래도 속옷 차림으로 오르는 게 가장 정확할 것 같은데, 바지 좀 벗을 수 있을까?

그건…… 인권 유린 같은데요?

그런 것 같니?

네. 전 살인자가 아니라고요. 선생님도 형사가 아니고요.

물론이지. 여긴 경찰서도 아니고.

바지는 안 벗을 거예요.

얼마든지. 기분이 나빴다면 사과하마. 절대 네 맨몸이
보고 싶어서 그랬던 건 아니야.

나는 닥터 장을 노려본 다음 다시 체중계에 오르려고
했다. 그런데 닥터 장이 다시 나를 막아섰다.

그러면 바지는 그대로 입고 발목에 달고 있는 것만 푸
는 건 어때? 이건 인권 유린이 아니지?

닥터 장은 '인간에게 모멸감을 주는 여러 가지 방법'
이라는 연구 주제로 박사 논문을 받은 건지도 모른다.

내가 가만히 있으니까 닥터 장은 왜 그런 것을 다리에
달 생각을 한 건지 대답해 줄 수 있느냐고 물었다.

머리를 굴려 봤자 소용이 없을 것 같아 자꾸 몸무게가
주는 게 창피해서,라고 솔직하게 대답했더니 닥터 장은
그게 왜 창피하게 느껴지느냐고 다시 물었다. 그런 질문
을 받는 게 더 창피해 그다음 상담 때까지 억지로 음식
을 먹어 몸무게를 원래 상태로 되돌려 놓았다.

힘들었겠구나.

그 뒤로 닥터 장은 저울에 올라가 보라는 말을 하지
않았다.

학교에 있어야 할 시간 아냐?

공사 시작일과 완공일, 규모, 목적, 사업 주최자 등이
적힌 공사 개요도를 읽고 있는데 안전모를 쓴 젊은 남자
가 곁에 와서 선다. 남자의 어깨가 해를 가려 눈썹 밑을
약간 그늘지게 한다.

낯선 사람과 이야기하는 것이 편하지는 않지만 이 많
은 인간들 중 누가 낯설고 누가 낯익은 사람인 걸까. 어
제저녁, 현관에서 나를 맞아 주는 엄마 얼굴을 보고 흠
칫 뒷걸음질을 하고 말았는데.

조퇴했어요.

아프니? 그러고 보니 얼굴에 핏기가 없는 것 같네.

아니, 그냥 갑자기 하고 싶어서요.

남자는 더러운 줄무늬 셔츠 가슴에 달린 주머니에서
담배를 꺼내 문다. 새끼손가락이 반 토막 정도 잘렸다.

좋구나, 역시. 학생이란 건. 조퇴하고 싶을 땐 그냥 조
퇴도 하고.

사회인이야말로 쉬고 싶을 때 쉴 수 있는 거 아니에

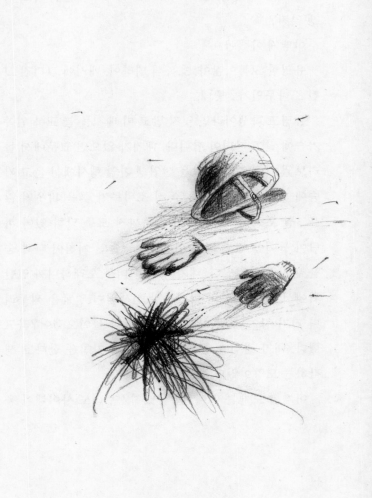

요?

굶어 죽고 싶으면.

굶어 죽나요?

나 같은 사람은. 넌 아니겠지. 너 여기 맞은편 학교 학생 맞지?

어떻게 아셨어요?

유명한 교복이잖아. 초록색 넥타이. 배지에 그려진 그건 소나무인가? 좋네.

동명고 학생이라면 잊지 말고 이 배지를 늘 교복 왼쪽 가슴에 달고 다녀야 합니다, 배지가 없으면 교문에서 돌려보낼 거예요,라는 말을 신입생 환영 행사에서 듣고 가슴에 배지를 달았을 때, 아직 소나무가 꽃을 피우지 않은 3월 초인데—더군다나 창문까지 모두 닫혀 있어 바람이 들어올 만한 곳이 없는데도—돌연 기침이 나와 숨을 쉬기가 어려웠다. 내가 기침을 너무 오래하니까 연단 위에서 설명을 하던 학년부장 선생님이 얼굴을 찌푸리며 거기 감기 걸린 학생은 좀 나갔다 들어오겠어?라고 했다. 내가 관심을 끌기 위해 억지로 기침을 한다고 생각하는 모양이었다.

어제 추모제는 어때, 잘 끝났지? 우리도 사이렌이 울

리는 동안 모든 작업을 멈추고 고개 숙여 묵념했는데.

왜요?

왜긴. 죽은 애들을 추모해야 하니까지. 일반인들은 별거 아니라고 생각하겠지만 공사 현장에서 3분이나 전원을 멈추는 거 사실, 엄청난 일이야. 여기서 일하던 사람이 지붕에서 떨어져 죽어도 전원을 끈 적은 한 번도 없었거든. 작업이 늦어지면 안 되니까 빨리 수습하고 잊어버리라고만 하지.

나는 철근 뼈대가 드러난 아레나 지붕을 올려다본다.

그러고 보니 공사장 지붕에서 떨어진 사람의 죽음은 쉬는 시간 종이 울리자마자 잊혀졌다. 지붕에서 추락사한 공사장 인부에게는 그 정도가 적절한 추모 시간인가 보네.

모든 인간은 평등하다는 말은 사실 모든 인간이 평등하지 않으니까 나온 말. 그래도 어제 추모식 때는 열여덟 명을 모두 평등한 것처럼 다루려고 노력하긴 했다. 나이 든 선생님은 조금 손해였지만.

잊지 맙시다. 잊지 맙시다. 사랑하는 우리 선생님, 선배, 동기, 후배의 고결한 희생을 잊지 맙시다.

교장 선생님의 울먹거리는 목소리가 마이크를 타고

흐르자 여기저기서 훌쩍훌쩍 울음을 참는 소리가 들렸다. 귀빈석에 앉은 희생자들의 가족이 서로의 품에 안겨 울었다.

나는 '고결한'이라는 형용사를 '목적도 없고 자발성도 없는 죽음'에 붙이는 것이 과연 적절한 것인가 하는 의문이 들어 고개를 갸웃거렸다. 잘못했다간 교장 선생님의 의도와는 전혀 다르게 잘못된 인상을 줄 수도 있는 단어였다.

만약 유가족들 중 귀가 밝고 덩치가 좋은 누군가가 여보쇼, 지금 그 말은 우리 애들이 그렇게 죽기를 조금이라도 바랐다는 거요?라고 이의를 제기하며 추모식을 난장판으로 만들어 버린다면.

정말 그런 일이 발생하면 소란을 틈타 이곳에서 도망가 버려야겠다고 생각했다. 나는 고개를 돌려 귀빈석을 바라보았다. 그런데 사람들은 오히려 '고결한'이라는 단어에 수긍하고 만족해하는 것 같았다.

교복을 입은 채 맞이한 죽음이었으니까. 교복 재킷 깃에 모교의 배지를 단 채 죽는 건 가장 고결한 죽음이라고 해도 되겠지.

잊지 맙시다. 여러분. 결코 잊지 맙시다. 우리 곁을 떠난 한 분의 선생님과 열일곱 명의 친구들을 우리 마음에서 결코 지워 내지 맙시다.

그런데 나이 든 사람이 흘리는 눈물은, 특히나 지위가 높으면 높을수록 진짜인지 아닌지 구분하기가 어려워.

눈물 덕에 가려지긴 했지만 교장 선생님의 추도문은 실패작이었다고 생각한다. 우리 곁을 떠난 선생님과 열일곱 명의 친구들을 지워 내지 않기 위해선 그들을 총으로 쏘아 죽인 K도 우리와 같은 학교를 다녔던 선배이자 후배, 동기라는 점을 떳떳이 밝혔어야만 했는데, 교장 선생님은 그 사실에 대해선 잊지 맙시다, 잊지 맙시다, K를 우리 마음에서 결코 지워 내지 맙시다,라고는 말하지 못하고 공무원답게 '누구도 감히 상상할 수 없었던 불행한 사건'이라고만 언급했다.

소심한 데다가 인간의 상상력을 무시하기까지.

선생님과 열일곱 명 아이들은 누구도 감히 상상할 수 없었던 불행한 사건 때문에 죽은 게 아니라 K에게 총을 맞아 죽은 거잖아요.

하지만 열여덟 명의 고결한 희생자들 이름이 한 명 한 명 호명되고 있는 자리에서 성까지 붙여 완전한 이름 세 글자로 K를 부르는 것은 은퇴를 얼마 남겨 두지 않은 교장 선생님에게 너무 가혹한 일.

그 녀석 K에게 알파벳 K로 시작되는 미국식 이름이 있어 얼마나 다행인지. 우리들은 겁쟁이라 우리 이름과 동일한 형식을 띤 그 녀석의 한국 이름을 입술과 혀로 더듬는 걸 두려워하니까.

교장 선생님에 이어 단상 위로 올라온 시장님은 행운이 따르는 사람. 참사 이후 지지율이 부쩍 올라 재선도 기대할 수 있다지? 예전엔 다들 엉터리 사기꾼이라며 강풍에도 꼼짝 않는 딱딱한 가발을 그의 인격인 것처럼 놀리곤 했는데, 합동 장례식에서 무릎 꿇고 우는 모습이 전국에 방송된 이후론, 모두로부터 사랑과 존경을 받고 있다.

다행이다. 혹여 사기꾼은 맞더라도 최소한 우리 시장님이 엉터리 사기꾼은 아닌 게 증명되었으니.

깃발은 펄럭거리는데 시장님 머리카락은 가만히 있었다.

추모식 마지막엔, 우리나라에서 가장 존경받는 시인이라는 노인이 열여덟 명의 희생자들과 우리 학교 학생들, 나아가 전 인류에게 바치기 위해 썼다는 시를 낭독했다.

깨어나 보니 인간이었다.

(쪽지를 한 번 내려다보고)

깨어나 보니 삶이었다.

(다시 쪽지를 내려다보고)

고운 목소리의 누군가가 발에 신을 신겨 주며 걸어
야지, 했다.

(마지막으로 쪽지를 확인한 뒤 눈을 감고)

걸어야지.

본인이 쓴 몇 줄 안 되는 시 한 편을 외우지 못해 종
이를 보고, 또 보고 읽어 내려간 시인은 낭독이 끝나자
미리 접어 놓은 모양대로 다시 종이를 접어 재킷 안주
머니에 집어넣은 뒤 자리로 돌아가 앉았다. 늙은 시인
이란.

참 무자비한 거군.

다시 등장한 시장은 그럼, 이제 다 함께 눈을 감고 희
생자들의 넋을 기리며 3분간 묵념하도록 하겠습니다,라
고 했다. 추모식의 하이라이트. 묵념을 이끄는 저 역할,
사실은 교장 선생님이 굉장히 하고 싶어 했을 거라는 생

각이 들었다. 운동장에서 학년 전체 조회를 할 때마다 국기에 대한 경례를 절대 빠뜨리지 않는 분이니까. 하지만 묵념은 시장님께서 진행하실 겁니다,라는 시장 보좌관의 통보에 아무 반박도 하지 못하고 그럼요, 당연히 그러셔야죠, 하며 순순히 물러섰을 교장 선생님.

아. 그럼 아까 교장 선생님이 흘린 눈물은 본인이 당한 수모 때문에?

시장의 지시에 교장이 고개를 숙이고 시인이 고개를 숙이고 선생님들이 고개를 숙이고 희생자들의 부모들이 고개를 숙였다. 노련하게 죽음을 다루는 나이 든 사람들의 모습이 공포 영화 속의 한 장면 같았다.

무거운 사이렌 소리.

참사가 있고 딱 일 년이 지난 날. 화요일. 날씨 맑음.

10초 간격으로 다시 느리게 호명되는 열여덟 명 죽은 사람들의 이름.

국어 선생님. 죽은 뒤에야 청소년 보호기관에 정기 후원을 하고 있었다는 사실이 드러났다.

시내 베이커리 집 외아들. 학교에서 간식이 필요할 땐늘 저 집에 주문을 했다.

교문을 지키고 서 있던 선도부원. 그것만으로도 괜한

미움을 샀다.

1학년 때 같은 반 반장이었던 애. 인기는 많았지만 별로 친하지는 않았다.

축구부 특기생. 학년 조회 때 앉아 있는 자세가 버릇없다고 공개적으로 혼난 적이 있다.

세례명이 라파엘인 천주교 신자. 다들 천사가 되었다고 믿는다.

잘 모르는 애.

잘 모르는 애.

이젠 알 필요가 없는 애.

        ⋮

사이렌 소리는 아직 그치지 않았고 호명될 이름도 더 남았지만 나는 도중에 슬그머니 눈을 떴다.

묘지가 된 것 같은 운동장. 검은 비석처럼 서 있는 사람들.

수긍하지 못하겠는 말이 나올 때마다 신발로 모래를 팠더니 어느새 내 앞에 발목이 잠길 만한 구덩이가 생겨났다.

뭘 묻을까?

아, 그런데 저기.

어디선가 나타난 하얀 비닐봉지가 검은 비석이 박힌 하늘을 비정형적으로 날고 있었다.

영혼이란 것에 대해 이렇게 생각해 본 적이 있어요. 짧은데 한번 들어 보실래요? 아, 다른 아저씨들이 다 식당에서 나와요. 점심시간이 끝났나 본데 바쁘시면 그냥 가셔도 돼요. 들어 봤자 아무 도움 안 되는 시시한 얘기니까.

남자는 아무 말 없이 손가락 사이에 끼우고 있던 담배를 으쓱 들어 보인다. 내가 담배를 피운다면 한번 따라 해 보고 싶은 멋있는 제스처.

몇 날 며칠, 아니, 어쩌면 태어나 지금까지, 밤이 될 때마다, 줄곧 생각했다. 아무리 생각하고 따져 봐도 인간이 만물의 영장이라는 건 인간의 입에서 나온 소리.

개한테 물어볼까.

원숭이한테 물어볼까.

뱀한테 물어볼까.

왈왈, 우끼끼우끼끼, 쉭쉭. (뭐라고?)

어느 날, 지구의 나이만큼이나 깊은 혈통을 가진 유서

있는 집안의 무척 잘생긴 바퀴벌레 한 마리가 하늘 위로 번쩍 뛰어 올라서 이 세상에서 가장 진화하고 고귀한 존재는 바퀴벌레라고 소리친다면 개도, 원숭이도, 뱀도, 친구 바퀴벌레도 자지러지게 웃을 텐데. 그런데 우쭐대기 좋아하는 한 인간이, 이 세상에서 인간이 가장 고귀한 존재, 만물의 우두머리라고 외치니까 우쭐댈 줄 몰랐던 나머지 인간들도 당연한 말을 들은 것마냥 아무렴, 그럼 그렇지, 하며 고개를 끄덕이네.

우리 인간에겐 영혼이 있으니까.

왈왈, 우끼끼우끼끼, 쉭쉭. (혹시 비웃는 거야?)

찰스 다윈은 영혼도 진화한다고 했나요?

들고 있던 담뱃불이 다 꺼졌는데도 남자는 자리를 뜨지 않고 내 이야기를 끝까지 들어 준다. 도중에 지나가던 한 아저씨가 어이, 김 군아, 안 가고 거기서 뭐 하냐? 라며 어깨를 탁 치니까 남자는 네, 형님, 금방 갑니다,라고 말하며 자기의 어깨를 스쳐 지나가는 아저씨의 손목을 짧게 움켜쥐었다가 풀었다.

김 군아,라고 부르며 어깨를 탁 치는 모습과 네, 형님, 이라고 대답하며 손목을 잡는 동작에 이상하리만치 마음을 빼앗긴다.

만약 담임 선생님이 내 어깨를 탁 치면서 에이 이 녀석, 되게 엄살 피우네,라고 했으면 나는 익살맞은 얼굴로 머리를 긁적거린 뒤 쳇, 들킬 줄 알았다니까, 하며 조퇴를 취소했을까.

사실은 말이야, 기운이 없어 보여서 점심을 사 줄까 생각했는데, 저 집 돼지불고기가 진짜 맛있거든. 그런데 너한텐 밥보다 이게 더 필요한 걸지도 모르겠다.

남자는 쓰고 있던 안전모를 벗어 내 머리에 씌워 주고는 저만치서 오는 버스를 가리키며 어, 버스 온다, 버스 와,라고 알려 준다. 버스에 탈 생각 같은 건 전혀 없었다. 내가 타고 다니는 번호의 버스도 아니고 아직 공사 개요도도 다 읽지 못했다. 그런데 남자의 미소가 너무 행복해 보인다. 버스 문이 열리자 나는 남자의 배웅을 받으며 버스에 오른다.

창밖으로 공사장을 향해 뛰어가는 남자의 모습이 보인다. 남자는 도중에 돌아서서 나를 향해 힘차게 손을 흔든다. 나는 안전모 버클을 채운다.

거리의 공중에 하얀 벚꽃 잎들이 흩날리고 있다. 꽃나무 길을 따라 사람들이 긴 행렬을 이룬다. 장례식을 치르고 있는 건가. 그런데 왜 다들 웃고 있지?

양손에 짐을 가득 든 아줌마가 뒷문에 서서 나에게 대신 하차 벨을 눌러 달라고 부탁한다. 벨을 눌러 주었는데 갑자기 주위를 두리번거리더니 여기가 아니라 다음 정거장이네, 말하고는 무책임하게 자리에 앉아 버린다.

버스 안을 온통 밝힌 빨간 불.

주위를 둘러보지만 한적한 버스 안에 이번 정거장에서 내릴 것 같은 사람은 한 명도 없어 보인다. 초조해진다. 아줌마의 수법에 바보처럼 걸려들고 말았다. 정류장에 다다르자 기사 아저씨가 문을 열고는 아무도 안 내려요? 하고 외친다. 할 수 없이 내가 벨을 누른 책임을 지고 버스에서 내린다.

건물은 높고 많은데 거리에 사람은 별로 보이지 않는다. 그런데 조용한 거리에 갑자기 열 명 정도 되는 사람이 한꺼번에 쏟아져 나온다. 사람들이 나온 건물을 올려다보니 꼭대기 층에 시네마 간판이 걸려 있다.

기다리지 않고 바로 볼 수 있는 아무 영화나 골라 안으로 들어갔다. 자리는 대부분 비어 있다. 평일 낮 시간에 영화관에 오는 건 아무래도 떳떳치 못한 것 같아 시간이 생겨도 다들 피하는 모양이다.

이봐, 날 뭘로 보는 거야. 난 이래 봬도 주말에만 영화를 보는 사람이라고.

먼저 자리에 앉은 몇몇이 어깨를 의자 밑으로 잔뜩 움츠린 채 나를 힐끗거린다. 새로운 관객이 입장할 때마다 이 시간에 영화를 보러 오는 재는 어떤 인간이지, 하며 품평을 한다. 그러나 그 시선이 부당하게 느껴지지는 않는다. 당연히 그렇게 해야 한다. 곧 불이 꺼질 테니까.

일종의 의식 같지? 영화가 시작하기 전에 커튼을 치고 불을 끄고 숨을 죽이는 일들 말이야. 난 이 순간에 가장 존중받고 있다는 느낌이 들어. 영화는 벌써 시작된 거야.

불을 끄는 순간부터 영화가 시작되는 거라면 모든 영화는 공포 영화인 걸까. 누가 누군지도 모르는 정체불명의 사람들끼리 한 방에 모아 놓고 불을 꺼 버리니까.

만약 이 순간 누군가 품속에서 칼을 꺼내고 있다면? 밧줄로 앞사람의 목을 조르고 있다면? 카펫 위에 불붙은 종이를 던지고 있다면? 비명 소리를 들은 직원이 이게 공포 영화였구나 하고 오해해 버린다면?

칼로 심장을 찔리고, 밧줄에 목이 졸리고, 카펫 연기에 숨을 못 쉬는 생각을 하니 기침이 나온다.

내 기침 소리를 듣고 드문드문 앉아 있던 사람들이 내

쪽을 주시한다.

교복을 입은 저 기침쟁이 녀석, 아무래도 수상해 보이니 조심해야겠어.

이왕 수상한 사람이 된 마당에 좀 더 겁을 줘 볼까 하는데 드디어 조명이 뒤에서부터 차례로 하나하나씩 꺼진다. 이 불필요한 비장미는 관객에게 뭘 준비하라는 압력일까. 현실감각을 포기하라고?

95분 안에 인간의 운명을 결정지어서 보여 주어야 하는 이 예술 말이야.

뒷좌석에서 팝콘 봉지를 뒤적이는 부스럭 소리가 들린다. 정말로 이 예술에 어떤 문제가 있는 걸까?

무슨 영화였는지 기억이 나?

글쎄, 잘.

전혀 기억이 안 나?

네.

제목이 기억 안 나면, 특정한 장면은? 한 장면이라도 떠오르는 게 없어?

전 애초부터 영화에 별로 집중을 안 하고 있어서.

외국 영화?

그랬던가.

우리나라 영화?

그랬던가.

출연 배우는?

누구더라.

참 나, 어떻게 그렇게 하나도 기억이 안 난다고 하는지. 아무튼 알았다. 기억이 나면 그땐 꼭 말해 주고.

네.

그런데 그 애도 영화 제목은 기억이 나지 않는다고 하더라.

그래요?

자, 그럼 다시 한번 정리를 해 보자. 4월 21일, 전체 학년이 봄 소풍을 떠났지만 너와 그 애를 포함한 열아홉 명은 소풍을 가지 않았어. 너희들은 지하 시청각실에서 10시부터 10시 50분까지 영화를 보았고 쉬는 시간이 되었어. 무슨 영화인지는 모르겠지만 아무튼 영화는 보통 90분이 넘으니까 그럼 너희들은 영화를 끝까지 본 건 아니야. 그렇지? 다시 수업이 시작됐는데 그 애가 들어오지 않자 선생님이 너를 시켜서 그 애를 찾아오라고 했어. 너는 지하에 있는 시청각실을 나와서 차례대로

5층까지 올라갔지만 그 애를 찾지 못했어. 그래서 11시 20분경, 너는 혼자서 시청각실로 돌아왔지. 하지만 이미 안에선 그 일이 벌어졌어. 여기까지 내 말이 모두 맞지?

네.

그런데 너나 그 애나 분명 영화를 본 건 사실이라고 진술하면서도 왜 영화 제목은 기억나지 않는다고 하는 걸까. 참 이상한 일이야, 안 그래?

이상한 일인가요?

뭐, 의사 말로는 정신적 충격이 크면 특정한 기억을 잊어버릴 수도 있다고는 하는데, 아무래도 잘 믿기지가 않아서. 너는 그럴 수 있다 쳐도, 열여덟 명이나 죽인 놈이 정신적 충격을 받아 영화 제목을 기억 못 한다? 그건 말이 안 되잖아. 네 생각은 어떠니? 그 애가 거짓말을 하고 있는 걸까?

글쎄요.

일부러 무슨 영화인지 말해 주기가 싫어서?

글쎄요.

만약 그게 싫은 거라면 왜 싫은 걸까? 자기 범행에 대해선 순순히 자백했으면서 말이야. 영화 제목이 뭐였는지 말해 주면 더 이상 취조도 받지 않고 편할 텐데.

모르겠어요.

모르겠다는 건 무슨 뜻이니?

그냥 모르겠다는 뜻.

그 애의 마음을 전혀 추측할 수 없다는 뜻이니?

아, 머리가.

머리가 아프니?

네.

오늘은 조금 더 이야기를 했으면 좋겠는데.

아아. 머리가…….

못 참을 정도로 아프니?

네. 집에 가야겠어요.

아마도 경찰이 계속해서 영화 제목을 추궁하는 것을 통해 K는 내가 영화 제목을 말하지 않았다는 걸 알고 있을 것이다. 그러나 나도 K도 거짓말을 하는 건 아니다.

우리는 영화를 보긴 했지만 제목은 알지 못한다. 왜냐면 말 그대로 제목이 없는 영화였으니까. 애초에 그런 걸 영화라고 할 수 있을까. 그건 K가 여러 영화와 영상 자료를 이어 붙여 만든 편집 영상이었다. 중국 무협물에

서부터 코미디, 카우보이물, 블록버스터, 히어로물, 시대극, 애니메이션, 리얼 다큐멘터리 등 모든 장르를 망라한 데다가 자기 부모님이 인터뷰한 뉴스 자료까지 이용해서.

김령(의사, 내분비과 전문의): 그러한 물질들에 장기간 노출될 경우 우리 호르몬에는 여러 가지 교란이 생기게 되는데 쉽게 비유하자면 우리 몸을 사고로부터 지켜 주는 신호등과 교통경찰 같은, 즉 면역 체계가 완전히 무너져 극심한 교통 체증이 빚어지는 것 같은 혼란이 몸속에 생기는 것과 같습니다. 이에 대비하기 위해선, 내 몸이 보내는 초기 위험 신호를 읽을 줄 알아야겠습니다.

류경일(교수, 법학과): 근래 들어 헌법 소원이 부쩍 늘어난 것에 대해, 법을 바라보는 시민의 관심과 감각 수준이 과거에 비해 월등히 향상했다고 볼 수도 있겠으나, 다른 측면으로는 그만큼 시민들이 어떤, 자신들이 가진 기본적인 권리를 침해하는 위협을 과거보다 강하게 체감하고 있는 게 아니냐는 목소리에 귀 기울일

필요가 있다고 생각합니다. 법은 본디 인간의 생활 뒤에서 드러나지 않게 서 있을 때 가장 아름다운 것이니까요.

경찰에게도, 선생님들에게도, 닥터 장에게도 그렇게 설명해 줄 수 있었지만 K가 말하지 않으니까 나도 말하지 않았다. K를 위해서? 나를 위해서?

그냥 평행 상태로 두고 싶은 것뿐.

영화가 중반에 다다르기도 전에, 벌써 두 명이 자리를 떴다. 한 명은 나가면서 들으라는 듯 쓰레기라고 말한다. 남은 사람은 나를 제외하고 여섯 명 정도. 그러나 그들마저도 모두 자포자기 상태다. 문득 슬퍼진다.

이런, K가 만든 영화가 훨씬 더 재미있잖아. 감독은 자살해야 해.

자살을 부정적으로만 보는 시각은, 획일화된 사회에서 일제히 한 방향의 정신 상태만을 가지도록 강요하는 또 하나의 억압이라고 생각합니다. 왜 자살하면 안 됩니까? 왜 자살하면 안 되죠? 자살한 사람은 천국에 갈 수 없어서? 남겨진 사람들이 슬퍼할 거라서? 그런 이유는 본질적인 근거가 될 수 없다고 생각합니다. 그건 종교가 없고 가족을 포함해 아무와도 관계를 맺지 않은 사람은 자살해도 무방하다는 말 아닌가요? 한번 상상해 보세요. 이 세상에 종교도 없고 교리도 없고, 인간 간의 유대도 없는 곳에 나 홀로 서 있다고. 왜 자살하면 안 됩니까?

절대 자살 같은 건 하지 않을, 단 한 번도 학교에 구겨진 셔츠를 입고 온 적 없는 잘난 애들이 마치 지금 당장 시범으로 자살하는 모습을 보여 주기라도 할 것처럼 열변을 토하는 모습에 기름을 한 컵 들이마신 기분이었다.

한 달에 한 번 있는 사회 토론 시간. 자살을 어떻게 볼 것인가.

암묵적인 합의대로라면 자살은 절대 하면 안 되는 일로 진작 결론이 났어야 했다. 토론의 주최자는 선생님이고 장소는 학교였으니까. 그런데 성적이 좋으면서 짓궂은 애들 몇몇이 토론 수업을 강요하는 선생님을 골탕 먹일 생각에 자살을 긍정하는 편을 만들고, 거기다 지나치게 의기투합하여 어느 노벨상 수상 소설에 나온 여주인공의 자살론까지 복사해서 나눠 주는 바람에 분위기가 이상하게 흘러가고 있었다.

늘 '모든 의견은 들어 볼 만한 것'이라고 말하던 선생님은 혹여 교장 선생님이 들을까 봐 자꾸만 복도 창문 쪽을 살핀다.

그렇다고 저희가 모든 자살을 긍정하는 것은 아닙니다. 저희는 살고 싶어 하는 사람들이 저지르는 자살은 진정한 자살로 보지 않습니다. 병이 심하다거나, 궁핍하다거나, 사랑하는 사람과 이별했다거나 하는 이유로 자살을 행하는 사람들은 실은 그 문제만 해결하면 절대 자살하지 않을 정도로 삶에 애착이 있는 것입니다.

저희는 우울증을 포함해 불치병에 걸리지도, 궁핍하지도, 애정이 결여되지 않았음에도 지속적으로 자살을 생각하면서 자살을 삶에 있어서 하나의 '시도'로 바라본 끝에 목숨을 끊는 경우만을 진정한 자살이라고 보고, 그것에 '철학가의 자살'이라는 이름을 붙이기로 했습니다.

이 결단력 있는 소수의 철학가들은 알고 있는 것입니다. 삶에는 스스로 죽음을 찾아가는 것을 통해서만 얻을 수 있는 특별한 답이 있다는 것을.

철학가의 자살? 삶에 아무런 불만도 없는 상태에서

오직 삶을 더 자세히 해부해 보기 위해, 자기 자신의 죽음을 핀셋 삼아 삶을 헤집어 보는 고차원적인 자살?

그렇다면 말이야. (손은 들지 않았다.) 철학가의 자살이란 게 있다면, 철학가의 살인도 성립할 수 있는 겁니까?

대상에 대해 사랑이나 증오 같은 감정 일절 없이, 명성이나 쾌락이나 돈을 얻기 위해서도 아닌, 오직 무언가를 알아보기 위하여, 그리하여 자기 자신을 다음 단계로 이끌고 나가기 위하여 행하는 살인 말이야.

정신 차려. 너는 인간이 신이라고 생각하는 거야?

이번엔 앞에서부터 뒤로 차례대로 불이 들어온다. 어떻게 끝이 나는지 보고 싶어서, 끝이라도 괜찮으면 참아 주려고 기다렸는데, 완전히 배신당한 기분이다.

검은 화면에 일렬로 올라가는 수십 명의 스태프 이름이 오늘 죽은 사람들을 한 곳에 길게 모아 써 놓은 사망자 명단 같다. 다들 아무 관심도 없다.

가장 늦게 영화관을 나오는데 입구 쪽이 소란스럽다. 영화가 끝나기 전에 먼저 상영관을 나갔던 남자 하나가 작은 체구의 여직원을 괴롭히고 있다.

이런 질 낮은 영화를 상영한 데 대해서 극장 차원에서 금전적 정신적 보상을 해 줘야 하는 거 아니냐고. 이 사기꾼들아.

그렇담 저런 질 낮은 인간을 이 세상에 내보낸 것에 대해서는 누가 보상 책임을 져야 할까.

내가 여직원의 뒤로 가서 서니 남자가 날 빤히 쳐다본다. 여직원도 뒤돌아 나를 올려다본다.

넌 뭐야?

영화, 끝까지 안 봤잖아요.

그게 뭐?

난 끝까지 봤어요.

그래서 뭐?

중간에 도망쳤으면서.

그게 어쨌다는 거야, 하며 행패를 부릴 줄 알았던 남자는 갑자기 거짓말을 들킨 아이처럼 얼굴을 붉히더니 침으로 번들거리는 큰 입술을 다물고 반대편 방향으로 걸어가 버린다. 언젠가 어딘가에서 혼자만 도망쳐 나온 기억이라도 떠오른 걸까. 여자가 휴, 하고 안도의 숨을 내신 뒤 나에게 고맙다고 인사한다.

왜 그냥 당하고 있어요? 신고라도 해 버리지.

불쌍하잖아.

뭐가 불쌍해요?

저 아저씨, 사실 우리 영화관 단골인데 지금까지 단한 번도 자기 마음에 드는 영화를 못 봤어. 맨날 중간에 나와서 우리들보고 사기꾼이래. 영화광인 것 같은데, 불쌍하잖아.

일생에 단 한 번도 자기 마음에 드는 삶을 살아 본 적 없는 사람이라면 불쌍하다고 할 수도 있겠지만, 영화에 같은 값을 적용해도 되는 걸까.

너 그 학교 학생 맞지?

어떻게 알았어요?

유명한 교복이잖아.

아무래도 우리 학교는 얼른 교복을 바꿔야 할 것 같다.

추모제는 잘 끝났지? 어제, 우리 영화관에서도 같이 추모했어. 시간을 맞추려고 일부러 영화 시간까지 조정해 가면서.

왜요?

왜긴. 우리 지역 학교 일인데 당연히 동참해야지. 너, 영화관에서 3분이 얼마나 큰 줄 아니?

얼마나 큰데요?

이건 우리 극장에 전설처럼 내려오는 얘기인데 말이야, 옛날에 한 직원이 실수로 영화의 마지막 30초를 끊어 버린 적이 있었는데 그 30초 덕에 비극 영화가 완전히 코미디가 되어 버렸대. 그때 영화를 봤던 사람들은 아직도 그 영화 장르가 코미디인 줄 알고 있다더라. 근데 더 신기한 건 말이야, 원래 영화는 지독한 악평을 받았는데 마지막 부분이 잘린 필름으로 영화를 본 사람들은 다 좋은 후기를 남겼다는 거야. 믿거나 말거나지만.

하지만 모든 영화는 스태프들 이름이 자막으로 올라가는 걸로 끝나는데 그걸 실수한다는 게 이상한데요?

그래서 믿거나 말거나라고 했잖아.

혹시, 실수가 아니라 일부러 그런 건 아니고요?

일부러?

그 직원이라는 사람, 매일 영화를 틀어 주는 일만 하다 보니까 어느새 웬만한 감독보다도 높은 안목을 가지게 된 거예요. 그러다 자기가 좋아하는 어느 감독의 영화가 개봉해서 기대를 잔뜩 했는데 마지막 30초가 엉망진창이었던 거죠. 아무리 훌륭한 영화도 끝이 엉망이면 다 엉망이 되어 버리잖아요. 그 직원은 오래 고민하다가 실행에 옮겼어요. 자기가 마지막 30초를 덜어 내서 감독과 영화를 구제해야겠다고. 감독은 그 직원한테 꽃바구니라도 보내야 해요. 감사 인사 카드까지 보내면 인격자고요. 하지만 보통 인간은 그렇게 못 하겠죠. 일개 영화관 직원이 자기 영화를 멋대로 잘랐다는 것을 알면 꽃바구니 대신 암살자를 보내 죽이려 할 테니. 그러니까 그 직원은 실수가 아니라 죽을 각오를 하고 30초를 자른 거예요. 영화를 위해서.

너 참 재밌는 애구나.

재밌어요?

응. 우리 극장에 걸린 이 영화보다 네가 만드는 영화가 훨씬 재미있을 것 같아.

그럴 리가.

왜? 정말 재밌는데. 아까 그 아저씨도 네가 만든 영화라면 끝까지 볼 것 같은데?

그럴 리 없어요.

왜 그렇게 자신이 없니?

왜냐면 나는 중개자에 불과. 이 생각의 본래 주인은 따로 있으니까.

아, 그 영화? 응, 나도 봤어. 맞아. 꽤 괜찮았지. 끝나기 5분 전까지는. 난 너무 놀랐어. 아니, 배신을 당했다고 해야 하나. 그 영화를 절대 그런 식으로 끝내서는 안 되는 거였어. 주인공은 죽었어야 해. 그게 옳아. 내가 주인공이 죽는 새로운 엔딩의 버전을 만들어 보내 주면 감독은 나한테 꽃이라도 선물할까? 절대 못 그럴 거야. 주인공을 죽이지도 못하는 평범한 감독에게 그런 아량이 있겠어? 아마 날 시기해서 부들부들 떨기만 하겠지. 머릿속으로 살인을 하면서. 하지만 감독이 정말 실행에 옮겨서 날 죽인다 해도 후회는 없어. 위대한 죽음이니까. 왜냐고? 그럼 넌 어떤 게 위대한 죽음 같은데?

그래? 난 모르겠어. 부모가 자식 대신 죽는 게 뭐가 위대하다는 건지 난 도무지 모르겠어. 기찻길에 떨어진 술주정뱅이를 구하고 대신 기차에 깔려 죽는 것? 그것도 마찬가지야. 그런 건 위대한 게 아니라, 그냥 일종의 교환 같은 것 아닌가. 위대한 죽음은 예술을 위해 죽는 거야. 네로를 비웃지 말라고. 덕분에 다 위대하게 죽을 수 있었잖아.

K와는 이 주일에 한 번, 클럽 활동이 있는 목요일에만 정식으로 만났다. 다른 날에 복도나 운동장에서 우연히 마주치는 일이 있더라도 한쪽이 일부러 찾아가서 야, 뭐

해? 하며 어깨를 탁 치거나 다른 쪽이 아, 너였구나 하고 인사하는 경우는 없었다. 서로의 친구들한테 둘러싸여 있으면서 어, 너 체육 나가네, 그래, 넌 과학실 가나 보지? 힐끗거리며 지나가는 정도.

친구 한 명이 너 쟤 알아?라고 물어서 이름만, 하고 대답한 적이 있다. 친구가 쟤 미국에서 살다 왔다더라, 하기에 처음 듣는 척 그래?라고 대꾸했다. 어딘가 교포 분위기가 나는 것 같지? 해서 그런가? 잘 모르겠는데, 라며 흥미 없다는 말투로 넘겨 버렸다. 왜 그런 사이가 되었는지는 모르겠다.

단지 K와의 관계에 있어선 서로가 서로를 일상적인 대화로 끌어들이지 않은 채 목요일 클럽 활동 때 시청각실에서 만나 한정된 주제의 대화를 하며 어울리는 방식이 자연스럽고 편하고, 때로는 독점적으로 느껴졌다.

K와 나는 영화 감상부였다. 새 학기 저녁 식사 도중, 무슨 클럽에 가입했느냐는 질문에, 영화 감상부라고 대답하니 부모님은 동시에 걱정스러운 표정을 지었다.

고등학교 입학 후 첫 클럽 활동인데 이왕이면 공부에 도움이 되는 부에 들지, 아니면 남자답게 스포츠 활동을 하든가, 선후배 관계가 돈독한 곳도 좋고 말이야, 그 많은 부 중에 하필이면 아까운 시간에 앉아서 티브이나 보는 데를.

나는 바꿔 준다는 사람이 있으면 그렇게 할게요,라고 대답했다. 그러나 내 방 문을 닫고 들어와서는 웃기지 마, 얼마나 경쟁률이 셌는데. 남자답게 스포츠 활동이라니, 날 뭘로 보고, 하며 분을 참지 못했다.

저녁 식사를 마친 아버지 엄마 여동생이 함께 연속극을 보며 웃는 소리가 방문 너머로 들려왔다.

이상해. 정말 이상한 사람들이야.

며칠이 지나니 아버지도 엄마도 내 클럽 같은 건 까맣게 잊어버리고 다시 묻지 않았다.

K는 내가 한 번도 들어 본 적 없는 외국 영화를 아주 많이 알고 있었다. 호기심에 차 그런 것들에 대해 물어보면 K는 보지도 않은 싸구려 포르노를 인생 최고의 영화라고 대답하며 으스대는 보통의 애들과는 달리 진지한 태도로 이야기해 주었다. 부원 중에서 K만큼 영화에 지식과 관점을 가지고 있는 사람은 아무도 없었다.

내가 본 것들 중에서 가장 실험적이었던 영화? 모든 카우보이 영화들. 제일 식상한 게 미국 카우보이 영화 아니냐고? 너한텐 그럴 수도. 그런데 나한텐 가장 실험적인 영화들이었어. 왜냐고? 음, 왜냐면 카우보이 영화를 100편쯤 보고 나니까 그런 생각이 들었거든. 앞으로 100편을 더 보면 내가 미국인이 될 수도 있겠다는. 아쉽게도 100편을 더 보기 전에 다시 한국으로 돌아와야 했지만. 실험은 실패했어. 맞아, 난 한국인도 미국인도 아니야.

스스로는 한국인도 미국인도 아니라고 했지만 법적으로는 한국인이기도 하고 미국인이기도 한 K의 이중 국적 때문에, 총기 사고 이후 복잡하고 쓸데없으면서 중요하고 민감한 여러 일들이 벌어졌다. K를 어떻게 부를지도 그것 중 하나.

신문을 장악한 K의 이름 옆엔 늘 괄호 안에서 불안정하게 눈치를 살피는 이름이 하나 더 붙어 있었다. 어떨 땐 미국식 이름이 그 괄호 안으로 들어가기도 하고 어떨 땐 한국식 이름이 그 안으로 들어가기도 했다. 영어 스펠링을 잘못 표기할 때도 있었고 자포자기하듯 괄호 안을 공백으로 남길 때도 있었다.

이 세상에서 가장 확실하고 불변하는 것이라고 생각했던 것이, 뭐야, 그냥 장난이잖아. 실수잖아.

나는 엔딩 크레딧이 올라갈 때까지 자리를 지키는 것

이 영화부원으로서의 멋진 행동이라고 생각해서 늘 마지막까지 스크린에 시선을 집중했다. 감독과 배우들, 제작사 이름, 촬영 협조를 해 준 장소들, 배우들이 입은 협찬 브랜드까지 외우고 있다면 대단해 보일 것 같았다. 그런데 K는 그 순간이 되면 늘 고개를 다른 쪽으로 돌려 버렸다.

예술가인 척하지만 사실은 다 장사꾼들이야. 그게 아니라면 영화에서 가장 중요한 시작과 끝을 감독 이름에서부터 제작자 이름, 배우 이름, 촬영감독 이름, 그것도 모자라 협찬 회사 이름 같은 걸로 도배해 놓을 리가 없지. 다들 자기 이름을 남기는 데에만 혈안이 돼 있어. 한 편이라도 자기 이름을 박지 않고 영화를 만든 감독이 있으면 정말 존경할 텐데. 아무도 만들었다고 나서는 사람이 없는 영화가 갑자기 온 세상을 휩쓸면 정말 굉장할 텐데. 나중에 영화를 만들게 되더라도 난 내 이름 같은 건 절대 박지 않을 거야. 어차피 마음에 드는 이름이 아니기도 하고. 응? 아니, 두 쪽 다. 왜 사람은 남이 지어 준 이름으로 평생을 살아야 하는 걸까? 본인 스스로 이름을 짓는다면 최소한 다들 지금보다는 나은 인간이 될텐데. 좋은 쪽으로든 나쁜 쪽으로든, 어쨌든 현재보다는 나은 인간.

명찰에 적힌 여자의 이름엔 이응 자가 다섯 개나 있어
서인지 내리막길을 만나는 순간 완전히 해체되어 데굴
데굴 굴러가 버릴 것 같다.

성인이 돼서도 명찰을 달고 일하는 거 싫지 않아요?

아니, 별로.

양윤영. 양윤영. 양윤영. 아무나 이렇게 막 불러도?

애초에 부르라고 지은 이름인데 누가 부르건 어때?
그리고 원래 이름은 많이 불릴수록 좋은 거야. 다른 사
람이 이름을 많이 불러 줄수록 우주에 자기 이름의 파장
이 전해져서 좋은 기를 받는다고 하거든.

우주? 우주에까지 인간 이름이 공개되어 있다고요?

응. 성명학이었나? 그 이론으론 그렇대. 근데 그 표정
은 뭐야? 넌 그게 싫어?

싫다기보다는 왠지 좀 창피한 것 같아서. 우주라니.

별 게 다 창피하다. 아, 너 이름이 이상해서 그러는구
나? 그러고 보니 너 이름이 뭐야? 학생이 명찰도 안 달
았네.

지난번에 체육 시간 끝나고 와서 보니까 누가 명찰을

훔쳐가 버려서. 다시 발급받을 때까지 좀 기다려야 해요.

웃긴다. 명찰도 훔쳐 가니?

그때 매표소 쪽에 있던 다른 직원이 양윤영 씨, 잠깐 여기 좀 봐 줘요, 하고 여자를 부른다. 내가 그만 가 보려고 돌아서니 여자가 잠깐만, 하며 나를 붙든다.

심심한 것 같아서 내 특권으로 영화나 한 편 더 보여 줄까 했는데, 지금 상영하고 있는 것들은 다 별로니까 그 대신 이걸 줄게. 지루할 때 내 스트레스 해소법이야. 뭔가 얘기하고 싶은데 얘기할 사람이 없을 때 두 개를 한꺼번에 넣고 양쪽 어금니로 꽉꽉 씹어 봐. 다음에 또 영화 보러 오고.

밖에 나와 보니 영화관을 따라서 조명 몇 개를 끄고 싶을 정도로 빛이 눈부시다. 사람들은 영화 속 사람들이 더 활력 넘친다.

포장지에서 납작하고 딱딱한 핑크빛 조각을 꺼내 입 속에 넣으니 심장처럼 부풀어 올랐다 한순간에 팡 하고 터져 버린다. 세 번의 변신.

찢겨진 몸을 굴리고 놀면서 다시 살릴까 말까 즐기는 건 누구일까.

영화관 앞을 지나가던 한 어린애가 손가락에 힘이 빠

졌는지 들고 있던 토끼 모양 풍선을 놓치고 말았다. 옆에 있는 엄마는 그것도 모르고 아이 손을 끌어당기며 빠르게 걸음을 걷는다. 아이는 엄마에게 끌려가는 채 하늘로 올라가는 풍선을 계속 바라본다. 잘만 하면 잡을 수 있을 것 같아 공중으로 손을 뻗었다. 그런데 그 순간 난데없이 택시 한 대가 내 바로 앞에 와서 선다. 왜 그러는지 몰라 가만히 있으니까 기사가 창문을 열고 불행해 보이는 눈빛으로 묻는다.

학생, 안 탈 거야? 안 타? 장난친 거였어?

나는 풍선을 잡으려던 손으로 택시 문을 연다. 풍선은 그새 닿을 수 없는 높이까지 올라가 버렸다. 날아가던 새가 부리로 분홍색 풍선을 터뜨려 버릴지도 모른다는 생각으로 계속 풍선을 바라보는데 방금 전보다 부쩍 행복해진 것 같은 기사가 어디로 모실까요?라고 묻는다.

저 풍선, 잡고 싶은데.

기사는 풍선이 날아가는 쪽을 힐끔 바라보더니 잡게 해 주면 되지,라고 자신만만하게 대답한다. 택시는 풍선이 날아가는 쪽과는 전혀 다른 방향으로 향한다.

택시 기사가 왼쪽 지시등을 깜박깜박 켜니까 왼쪽에

있던 차가 속도를 높여 길을 비운다. 오른쪽 지시등을 깜박깜박 켜니까 오른쪽에 있던 차가 속도를 줄여 길을 비운다. 어떤 차가 길을 비켜 주지 않으니까 기사가 죽일 놈이라고 욕한다.

택시가 멈춘 곳에 내려서 보니 정말 아까 그 토끼 풍선이 있다. 그것도 한 개가 아니라 수십 개가 다발로. 기사 아저씨는 창문을 내리고는 어때? 풍선 잡게 해 줬지?라고 자신만만하게 말한 뒤 떠난다.

내가 풍선 가까이로 가니까 판매원이 이천 원이라며 먼지가 낀 풍선 하나를 꺼내 준다. 나는 풍선을 들고 걷다가 동물원 입구에서 풍선을 날려 버렸다. 그러고 나니까 진짜로 아까 그 토끼 풍선 같다.

컨테이너 속에 갇힌 매표소 직원이 나를 힐끗거리며 학생 한 명이죠?라고 확인한다. 학생이라는 단어와 한 명이라는 단어에 비웃음이 담겨 있다. 바나나를 던져 줘 버릴까 보다.

나는 두 명이라고 대답하고는 표 두 장 값을 지불했다. 입장을 맡고 있는 관리인에게 표 두 장을 내미니 한 사람인데 왜,라고 말하며 한 장은 점선을 뜯어 돌려주고 나머지 한 장은 그냥 돌려준다. 동물원에서 일하는 직원답게 인간을 정확하게 취급할 줄 안다. 나는 돌려받은 표를 어떻게 처리할까 생각하다가 출구를 통해 동물원을 나가서 다시 표를 내고 입장했다. 입장 관리인은 어리둥절한 표정을 지으면서 자기가 방금 돌려줬던 티켓의 점선을 순순히 뜯는다.

우리에 갇힌 동물들은 사슴이건 기린이건 양이건 모두 비슷한 표정을 짓고 있다.

아, 지겨워. 사는 건 정말 지겨워.

그렇다면 말이야, 총을 쏴 줄까?

사냥꾼 같은 자세를 취했더니 지루했던 표정의 사슴도 기린도 양도 모두 놀라서 후다닥 내뺀다.

거 되게 살고 싶어 하네.

매점 야외 식탁에서 사람들이 컵라면이나 샌드위치, 김밥을 먹고 있다. 공기 속에는 산소보다 동물들의 분변 냄새 농도가 더 짙다. 똑같은 얼룩말 무늬 티셔츠를 입은 커플이 케첩을 뿌린 핫도그를 들고 내 곁을 지나친다.

어떻게 저렇게 열심히들 먹을 수 있을까?

목요일, 클럽 활동이 끝나고 교실로 돌아가던 중 빵을

먹으면서 복도를 뛰어가는 한 무리의 애들을 보며 K가 그렇게 말했을 때, 나는 그 말이 단순히 그 애들의 비만한 몸집을 지적하는 얘기인 줄 알고 현상 유지에도 비용이 든다고 대꾸하려고 했다. 그런데 그 전에 K가 먼저 내 쪽으로 고개를 돌리고 또 물어 왔다.

안 그래? 아침 점심 저녁을 먹는 걸로도 충분히 생명은 유지되는데 저렇게 걸어 다니면서까지 또 뭔가를 먹다니.

아침을 안 먹은 것일 수도 있잖아,라고 말했더니 K는 한 끼 굶었다고 하더라도 아무 상관 없잖아, 한 끼 정도는. 이렇게 반박했다.

이해가 안 가. 저걸 안 먹는다고 죽는 것도 아닌데 일부러 먼 매점에까지 달려가서 먹을 것을 사 가지고 온다는 게. 어떻게 저렇게들 열심일 수 있을까? 저건 너무 살고 싶어 하는 것 같잖아. 창피하게.

K는 정말로 창피한 것처럼 얼굴을 붉혔다.

얼마 뒤, 친구들과 핫도그를 사 먹고 오는 길에 멀리서 K가 걸어오는 것을 보고 잽싸게 다른 길로 도망쳐 학교 비품을 보관해 두는 창고 뒤에 숨어 버렸다. 죄라도 지은 기분이었다. 남은 핫도그는 학교 담 너머로 던져 버렸다.

동물원엔 동물보다 사람이 많은 게 정상이지만 오늘은 평일이어서 그런지 사람보다 동물이 많다. 주객이 전도되어 동물들이 사람을 구경하고 있다. 공작새가 수십 개의 눈이 달린 화려한 날개를 활짝 펼친다. 보여 줄 게 없는 인간은 얼른 자리를 뜬다.

철조망을 사이에 두고 아기 원숭이와 인간 아기가 기싸움을 펼치고 있다.

닮았네, 나랑 닮았네.

아기 원숭이가 하는 말에 인간 아이는 분통이 난 얼굴로 안 닮았어, 안 닮았어, 씩씩댄다. 각자의 엄마가 이제 그만 놀고 가자고 타이른 뒤 서로의 아기들을 바꾸어 데리고 간다면? 우리에 갇힌 인간 아기를 보고 안 닮았네, 하나도 안 닮았네, 하며 놀려 주고 싶다.

호랑이는 박제 상태로 전시하는 게 좋겠다. 누가 잘 손질된 깨끗한 생닭을 고분고분 받아먹는 호랑이를 보고 싶어 할까.

썩어 빠진 정신의 호랑아, 너의 진짜 먹이는 피를 뺀 닭 조각이 아니라 너에게 먹이를 갖다 주는 저 사육사의

몸이야. 자, 어서.

그러나 호랑이는 사육사의 허벅지에 얼굴을 비비는 재롱을 피우더니 결국 닭 조각 하나를 더 얻어 내는 데 성공했다. 나만 부끄러워진 채로 호랑이 우리 앞을 떠난다.

자꾸 기침이 나고 눈물이 흘러, 가다 서다를 반복한다.

이 동물원에는 오면 안 되는 거였는데.

발단, 전개, 절정 식으로 설계된 동물원 길은 차례대로 관람을 끝내야 나갈 수 있도록 유도되어 있다.

코끼리 우리 앞에 앙상한 몸집의 두 노인이 있다. 할머니는 휠체어에 앉아 있고 중절모를 쓴 할아버지는 뒤에 서서 휠체어 손잡이를 잡고 있다. 무릎 담요를 덮고 마스크를 쓴 할머니는 담요 위에 떨어지는 꽃잎과는 전혀 무관해 보인다.

코끼리가 커다란 똥을 싸는 모습을 보고 둘은 장난꾸러기들처럼 신나게 웃는다. 나는 기침을 한 뒤 코를 틀어막는다.

동물들은 저게 좋아 저게. 저렇게 당당하게 똥을 쌀 수 있다는 게.

당연히 둘이서 나누는 대화라고 생각했는데 할아버

지가 내 쪽을 바라보고 있다.

학생, 안 그래? 한번 상상해 봐. 인간이 저렇게 공개적으로 똥을 싸면 어떻게 될지.

그런 건 조금도 상상하고 싶지 않은데요,라는 대답을 찡그린 얼굴로 대신했다. 할아버지는 계속 신이 나 있다.

아까는 말이야, 저기서 염소가 똥을 누는 모습을 보면서 이 사람이랑 나랑 우리도 인간 말고 염소로 태어났으면 좋았을 텐데, 그런 말을 했지. 물론 코끼리도 좋아, 코끼리도 좋지. 될 수만 있다면. 하지만 이젠 다 늙어서 그런 배짱까지는 없으니까. 염소 똥은 보고 또 봐도 참 앙증맞더군. 인간도 늙어서 그런 구슬 같은 똥을 눈다면 참 좋으련만.

그 말을 들은 할머니가 갑자기 흐느껴 운다.

아이, 또 왜 이래.

할머니는 마스크가 들썩일 정도로 숨을 가쁘게 쉰다. 눈동자가 잘 보이지 않는 눈에서 쉴 새 없이 눈물이 흐른다.

아이, 참. 그만하래도. 이 사람 내가 아침에 기저귀 갈아 주면서 구박 좀 했더니 그게 아직도 마음에 쌓여 있나 봐. 기분 풀어 주려고 이렇게 소풍까지 나왔는데 말이야. 당신, 아직도 화났어? 응? 아직도 내가 미워?

할머니가 하얀 머리카락이 나풀나풀 흔들리는 조그만 머리를 힘겹게 가로젓는다.

화난 게 아니라 당신한테 미안해서 그래요. 정말 염소만 될 수 있다면 얼마나 좋을지. 하느님이 염소랑 인간 중에 고르라면 나는 백 번이면 백 번 다 염소를 고를 거예요. 인간 같은 건. 인간 같은 건 정말 아무 쓰잘데기도 없는데.

할아버지가 예끼, 어린 사람 앞에서 무슨 소리를 하는 거야, 라며 할머니를 혼낸다.

이 사람, 나 들으라고 부러 더 이러는 거야. 내가 한 행동에 더 죄책감을 느끼라고. 할망구가 갈수록 약아진다니까. 어린 학생 앞에서 늙은이 둘이서 추태를 보인 것 같아서 미안하네.

할아버지가 중절모를 벗으며 나에게 사과한다. 할머니도 따라서 머리를 숙인다.

두 사람, 독특한 개그를 하는 만담 콤비 같다. 그렇다면 마무리는 하느님이 짠, 하고 등장해서 할머니를 염소로 만들어 주는 것으로 막을 내리려나?

그런데 학생, 교복을 보니까 그 학교 학생 같은데, 맞

나?

할아버지가 중절모를 머리에 다시 얹으며 묻는다. 일부러 그러려던 건 아닌데 공교롭게도 그 순간 입에서 커다란 풍선껌이 부풀어 나와 대답을 못 했다.

내 말이 맞는 모양이군. 어제 1주기 추모제가 열렸지? 묵념 사이렌이 울렸을 때, 우리 두 사람도 창문 밖을 바라보며 같이 묵념했어. 그런 건 국가에서 아주 잘한 거야. 선생님 한 분이랑 열일곱 명이나 되는 어린 학생들이 한꺼번에 죽었는데 당연히 온 국민이 같이 추모를 해야지. 아파트에서 내려다보니까 길을 가던 사람들도 멈춰 서서 고개를 숙이더군. 나는 감동해 버렸어. 너무 아름다워서. 그런 게 바로 생명에 대한 예의지, 안 그래?

그런데 정말로 아름다운 것을 바라보고 있는 것처럼 온화했던 할아버지의 표정이 순간 급변한다.

악마 같은 놈. 찢어 죽여서 창에 꽂아 놔도 성에 차지 않을 놈.

이를 악무니까 할아버지의 검은 치아 뿌리가 흔들리는 게 보인다.

그렇게 사람이 죽이고 싶거든 우리 같은 늙은이들이

나 죽일 것이지 말이야, 어떻게 학교 친구들을. 그것도 총을 쏴서.

바로 앞에서 할머니가 듣고 있다. 생명에 대한 예의란 건 늙은 사람들한테는 해당하지 않는가 보다.

같은 학교 학생이었으니까 학생도 그 살인마를 봤겠네. 평소엔 어땠어? 그때도 악랄했지? 악랄했겠지. 암.

그 애가 정말 악마일까요?

악마지. 천 번이면 천 번 악마이고말고.

태어날 때 인간으로 태어났는데도?

그러니까 더 악마지. 인간으로 고귀하게 태어나서 그런 짓을 했으니.

인간이 그렇게나 고귀해요?

고귀하지.

언제까지요?

언제까지라니?

나이 들어서는 겨우 똥을 치우는 문제 때문에 염소로 태어났으면 하고 바라는 게 인간이잖아요.

하늘을 날아다니는 도깨비바늘이 눈을 찔렀는지, 할아버지는 얼굴을 움찔거리기만 하고 말을 잇지 못한다. 할머니는 다시 조용히 눈물을 흘린다. 휠체어를 끌고 어렵게 봄 소풍을 나온 노인들을 곤란하게 할 생각은 정말 맹세코 없었는데.

고귀한 인간이란 게 이렇다니까.

다시 기침이 나기 시작하더니 쉽게 멎질 않는다. 가슴이 뻐근해진다.

내 기침 소리에 놀란 어미 코끼리가 아기 코끼리를 데리고 멀리 도망친다.

학생. 괜찮아? 갑자기 왜 그래? 어디 아픈 거 아냐?

별거 아니에요. 어렸을 때부터 이 동물원에 알레르기가 있어요. 동물들 털에, 버드나무랑 소나무까지 많아서.

그럼 애초에 동물원에 오질 말았어야지.

그런데 풍선이, 택시 기사가…….

무슨 말인지. 올 거면, 마스크라도 쓰고 오든지.

마스크는 왠지 수상해 보여서.

무슨 그런 말을. 자, 우리 집사람 때문에 내가 항상 마스크를 하나 더 가지고 다니는데, 우린 이제 곧 돌아갈 거니까 이걸 쓰도록 해. 혹시라도 염려 마. 깨끗하게 빨아서 뜨거운 물에 소독한 거니까. 가게에서 파는 새것보다 더 깨끗할 거야.

정말로 마스크는 사용한 사람의 냄새가 하나도 없

이, 무취다.

두 노인은 나에게 마스크를 건네 준 뒤 조용히 코끼리 우리 앞을 떠난다. 사냥꾼처럼 총을 쏘는 자세를 취하면, 두 사람의 본능은 피하려고 들까, 아니면…….

안전모와 마스크를 쓰고서 입을 움찔거리니까 사람들도, 동물들도 모두 나를 수상하게 쳐다본다. 아무도 내 곁으로는 오려고 하지 않는다. 나는 권장되는 이동 경로를 무시한 채 사람이 없는 길을 찾아 들어간다.

무성한 나뭇잎이 햇빛을 가려 한기가 돈다. 지하에 있는 시청각실로 내려갈 때도 이런 느낌이 들곤 했다.

눈이 가렵다. 공기가 까끌까끌하다. 멀지 않은 곳에, 버드나무 군락지가 보인다.

열 살 때, 학교에서 이 동물원으로 봄 소풍을 왔다가 버드나무 아래에서 발작을 일으켰다. 갑자기 숨을 쉴 수 없고 온몸이 가려우면서 피부가 타들어 가는 느낌이 들었다. 의식을 잃어 가는 와중에 나를 둘러싼, 별로 친하지 않은 선생님과 친구들의 얼굴이 보여, 나로 인해 봄 소풍을 망친 것이 너무나 창피하고 미안해 그대로 눈을 감고 다시는 뜨고 싶지 않았다.

그런데 내 소원과는 달리 응급실로 이송. 의사는 내가

버드나무나 소나무같이 꽃가루로 번식을 하는 나무에 호흡 곤란과 심장마비를 일으키는 고위험 알레르기 반응을 보인다고 했다.

봄을 조심하렴.

여자애도 아니고 화분증이 뭐야, 화분증이.

죄송합니다.

그래서 정말 소풍 안 간다는 거야? 마스크를 쓰고 가면 될 거 아냐.

다른 곳이라면 그렇게 해 보겠는데 그 동물원엔 워낙 버드나무가 많아서. 어렸을 때 거기서 한 번 쓰러졌기 때문에 부모님도 가지 말라고 하세요.

쳇, 알았다. 알았어. 의사 소견서까지 받아 왔는데 별수 있어. 화분증 걸린 도련님은 학교에서 자습이나 하셔야지.

고작 공기 중에 날리는 꽃가루 때문에 봄마다 이런 굴욕감을 맛보아야 한다.

반듯하게 있어야 할 염색체 몇 번이 살짝 어긋나는 바람에 평생 동안 서지도 걷지도 못하는 지체장애 1급. 늘 타던 엘리베이터가 추락해 숨만 살아 있는 식물인간. 손

톱을 깎다 바이러스에 감염…….

인간의 생명을 결정짓는 건 이렇게나 사소하고 시시한 것들. 위대하고 고귀한 것은 어디에 있지?

소풍 하루 전날, 소풍을 안 가는 사람은 모두 강당으로 집합하라고 했다. 1학년부터 3학년까지 총 열아홉 명. K도 있었다.

넌 왜 소풍 안 가?라고 물으니 K는 소풍비를 못 내서, 라고 했다. 농담 같은 대답에 왜? 너도 다른 애들처럼 삥땅 쳤어?라고 물었더니 K는 내가 쓴 단어를 잘 못 알아듣겠다는 표정을 지으며 안 주니까 못 냈지, 하고 대답했다. 그 말까지 듣고 나니 역시 농담이었다는 생각이 들었다.

K가 너는?이라고 묻기에 나도 소풍비를 못 냈다고 대답해 주었다. K가 왜냐고 묻는 말에도 역시나 똑같이 안 주니까 못 냈다고 대답했다. 한심하게 꽃가루 알레르기 때문이라는 말을 꺼내지 않아서 좋았고, 부모님을 약간 나쁜 사람들처럼 만드는 것 같아서 더 좋았다.

우리를 통솔할 국어 선생님은 교감 선생님이 자습을 시키라고 했지만 소풍에 못 가는 불행한 우리들을 위하여 우리가 원하는 활동을 하기로 했다고 말했다.

축구를 할까, 발야구를 할까.

여기저기서 우우, 하는 소리가 터져 나왔다. 발에 깁스를 해서 소풍을 못 가는 애가 선생님, 저는요? 물으며 항의했다. 3학년 선배들이 나서서 영화나 보자고 외쳤다.

영화? 누구 좋은 영화 DVD 가진 사람이라도 있어?

얼른 대답을 안 하면 선생님이 취소해 버릴까 봐 선배들은 무작정 많다고 대답했다. 선생님은 그럼 그러든지, 라고 흔쾌히 허락해 주었다.

선생님이 먼저 나가고 난 뒤 선배들이 우리를 모아놓고 내일 누가 DVD 가져 올래?라고 물었다. 대부분이 그제야 DVD가 없다고 실토했다. 그때 K를 아는 어떤 애가 K를 가리키며 너 영화 감상부잖아, DVD 없어?라고 물었다. 선배들이 그 말을 듣고 K에게 있으면 재미있는 거 아무거나 하나 가져와 보라고 했다. K는 순순히 알겠다고 했다. 교실로 내려가며 뭐 가져올 거야?라고 물었더니 K는 미리 말해 주면 재미없잖아,라고 대답했다.

소풍날 아침, 학생들을 태우고 갈 관광버스가 운동장에 줄지어 서 있었다. 본관 앞에는 소풍에 참가하지 않는 학생들은 시청각실로 내려오라는 공지가 붙어 있었다.

바깥은 조금 더운 느낌이 들었지만 시청각실로 내려
가는 지하 계단은 서늘했다.

넌 정말 행운아야.

행운아지. 그날 선생님이 너에게 심부름을 시켰던 건
살라는 운명의 뜻이었던 거야.

열여덟 명이 사망한 총기 난사 사건에서 유일하게 살
아남은 생존자는 부모님의 소곤거리는 목소리에 갑작
스러운 운명론자가 된다. 다른 죽은 애들의 가족이 들으
면 실례니까, 나도 마찬가지로 작은 목소리로 속삭이며
물었다.

그렇다면 그때 교실에 남아 있던 다른 열여덟 명은 죽
으라는 운명의 뜻이었을까요? 그리고 그 운명이란 혹
시 하느님의 세속적인 이름?

한동안 이유 없이 부모님을 괴롭혔다.

온 세계가 범행에 사용된 총의 모델과 입수 경로, 미
국에서 보낸 K의 어린 시절, 학업 성적, 교우 관계에 대
해 떠들어 대던 날들 중 어느 늦은 밤, 이상한 꿈 때문에
잠이 깨 밖으로 나왔는데 안방 쪽에서 부모님이 얘기 나

누는 소리가 들려왔다.

그 애 아버지가 의사고 엄마가 교수라는데 도대체 그런 지식인들이 자식을 얼마나 괴물로 키웠기에. 끔찍해.

두 사람, 역시 이 나라에선 못 살겠죠?

못 살겠지. 살게 해서도 안 되고. 이 나라에서 밥벌이를 하도록 그냥 놔둬서야 되겠어?

여보, 그런데 우리 애, 전학시키는 게 좋지 않을까요?

신중히 생각해야 해. 애한테 괜한 패배주의를 심어 주면 안 되니까. 학교에서 하라니까 어쩔 수 없이 하긴 하지만, 사실 나는 그 상담도 마음에 안 들어.

며칠 전 학교 복도에선 나를 큰 소리로 부르는 선생님 목소리를 몇 번이나 못 들어 이비인후과에서 추가 검진을 받는 게 좋겠다는 쓸데없는 걱정까지 샀는데 이렇게 방 안에서 쥐새끼들처럼 속닥대는 목소리는 잘 들리다니 이상한 일.

나는 방문을 벌컥 열고 부모님이 잘못 알고 있는 점을 제대로 알려 주었다.

틀렸어요, 아버지가 교수고 엄마가 의사예요.

잘못된 점을 정정해 준 것뿐인데 부모님은 왜인지 겁에 질린 얼굴로 말을 더듬었다.

그, 그러니? 몰랐구나.

아버지 엄마가 너무 쥐새끼들같이 굴어서, 나도 쥐새끼를 바라보는 것 같은 눈빛으로 두 사람을 바라봐 주었다.

우리 말소리 때문에 깬 거야? 미안하구나. 조용히 할 테니 얼른 가서 자라.

당연히 미안해하셔야죠. 내가 아니라 K에게.

엄연히 영화 속에서 한 컷씩을 담당했던 배우의 직업을 반대로 말한다면, 작품을 만든 감독으로선 자기 작업에 회의가 밀려오지 않겠어요?

설사 아주 작은 파편일지라도, 그렇게 K의 마음에서 떨어진 한 조각을 이해하는 것 같다고 느껴지는 순간이면 귓속이 먹먹해지면서 온몸이 떨려 왔다. 마치 그날 내가 K와 함께 방아쇠를 당기기라도 한 것처럼.

왜 이런 기분이 드는 건지 모르겠어요.

어떤 기분?

그냥…… 내가 공범이 된 것 같은.

그런 기분이 드니?

가끔. 이유가 뭐예요?

글쎄, 왜 그런 기분이 들까? 왜 그런 기분이 드는 것 같니?

내가 물어봤잖아요. 선생님이 말씀해 주셔야죠.

먼저 네가 추측하는 이유부터 들어 보고.

나는 몰라요.

좋아. 그럼 답을 내리기 전에 몇 가지만 물어봐도 될까?

그러세요.

어쩐 일로 오늘은 협조적이지?

저도 답을 알고 싶으니까.

답에 대한 탐구. 좋구나. 그게 인간을 진화시켰지.

시작하세요.

세 가지만 묻자. 첫째, 혹시 네가 그 자리에 있었으면 그 애를 막을 수도 있지 않았을까 하는 생각을 하니?

아뇨. 그 앤 오래전부터 사물함에 총을 넣어 놓고 있었다고 했어요. 그날 쉬는 시간에 그 총을 가지고 와서 바로 난사했죠. 막을 틈도 없었겠지만 만약, 막으려고 했다면 제가 가장 먼저 죽었을 거예요.

좋구나. 아무 도움도 안 되는 가설로 스스로를 괴롭히지 않아서. 그럼 둘째, 너 혼자 교실을 나갔던 것에 혹시 미안한 마음 같은 것이 드니? 죽은 친구들에게?

아뇨. 왜 제가 그 애들에게 미안해해야 하죠? 같이 안 죽어서? 미안하지 않아요. 혹시 미안해할 사람이 있다 면 그건 국어 선생님 아니에요? 나에게만 심부름을 시 켰으니까. 하지만 선생님도 함께 죽었으니 뭐.

그래, 전혀 미안할 것 없지. 한편으론 그 현장을 혼자 목격한 네가 가장 큰 피해자라고 할 수도 있으니까. 그 럼 셋째, 마지막 질문.

드디어.

혹시 그 애가 가엾니?

무슨 뜻이에요?

말 그대로. 그 애가 가엾다고 생각하니?

무슨 말을 하는 거예요? 그 앤 열여덟 명을 죽였어요. 이 세상 누구도 그 애를 가엾다고 생각할 순 없어요.

좋아. 다 좋아. 소리는 지를 것 없어. 그런데 이렇게 다 좋은데 왜 공범이 된 것 같다는, 그런 자학적인 생각 이 들까?

또 원점.

집에 갈래요.

급하긴. 잠깐만 기다려. 이제 정말 마지막 질문.

됐어요. 갈래요.

기다리라니까.

필요 없다고요.

답이 궁금하지 않아?

안 궁금해. 애초에 답 같은 건 있지도 않았어.

맞아. 있지도 않았어. 네 대답이 답이 되는 거였어.

이 사이비. 내 대답은 엿 먹어라야.

손가락은 그런 데에 쓰라고 있는 게 아니야.

내 몸에 손대지 마. 손 놔요.

친구라고 생각했니?

뭐라고요?

그 애를 친구라고 생각했어?

지금 무슨 말을 하는 거예요?

역시 그거였구나.

뭐가요? 자기 맘대로 뭐가 역시 그거였구나야? 이 사이비. 도대체 뭐가?

우니?

…….

우는 거야?

…….

뭐야, 친구라는 말 한 마디에 이렇게 울어 버릴 정도

로 그 애를 좋아했던 거였어?

세지도 못할 만큼 많은 버드나무가 바람에 꽃가루를
실어 날려 보내고 있다. 너무 깊숙한 곳까지 들어와서인
지 주위엔 한 사람도 보이지 않는다. 동물들 냄새도 나
무 냄새에 묻혀 희미해졌다.

나는 버드나무 군락지 한가운데로 들어간다. 땅으로
축 늘어진 버드나무 이파리가 뺨을 쓸어 준다. 새로 돋
아난 잎이 솜처럼 보드랍다. 바람이 부니 버드나무 가지
가 일제히 한 방향으로 흔들린다. 꽃가루가 몸 속의 모
든 기관으로 침입한다.

숨이 쉬어지지가 않는다. 정원사가 낫으로 다리를 싹
둑 베어 낸 것처럼, 다리 감각이 사라진다. 나는 풀처럼
쓰러진다.

하늘은 멀어야 하는데, 왜 이렇게 하늘이 가까워지는
걸까. 하늘이 나를 덮치려고 하네.

또다시 봄 소풍을 망친 것이 미안하고 창피해 이대로
눈을 감은 채 뜨고 싶지 않다.

여긴 어디?

만에 하나, 천국이 있다는 것이 과학적으로 증명된다면 이 세상은, 이 많은 인간들은 어떻게 될까?

어느 날, 장례식 때나 입을 검은 정장을 갖춰 입은 세계의 모든 과학자들이 어쩐지 침울한 얼굴로 기자 회견을 열어 인류 여러분, 허블망원경을 통해 오래 관찰한 결과 저희 사이언티스트들은 천국이 실제로 존재한다는 99.9999퍼센트의 확신을 얻게 되었습니다, 마더 테레사의 영혼으로 추정되는 물질이 천국을 떠다니고 있는 장면도 포착했습니다, 실로 유감입니다, 각자 현명하게 이 사태에 대비하시기 바랍니다, 이렇게 발표한다면?

그러면 이 세상은 완벽해질까? 아니면 이 세상은 버려질까?

여긴 어디?

다음 날 병원에서 퇴원해 느지막이 교실 문을 열고 들어갔을 때, 걱정스러운 얼굴로 나에게 몰려드는 애들을 향해 고마워, 이젠 다 나았다고 말했지만 속으론 너희들 다들 죽어 버려, 하고 바랐다. 눈을 하얗게 까뒤집고 내가 발작을 일으키던 모습을 흉내 내던 원숭이 같은 녀석에게는, 너는 최소한 독살. 아직 완전히 사그라지지 않은 내 피부 발진을 보고 수군대는 애들은 전부 가스실. 학급 회의를 열어 애들에게 내 병의 증세에 대해 자세히 알려 주면서, 그러니 다음에 그런 일이 또 일어나면 놀라지 말고 신발을 벗기고 바지나 셔츠를 풀어 몸을 편안하게 해 주라고 말했던 선생님은 참수.

그럼 그렇지. 여기가 천국일 리가 없지. 내가 있는데.

마더 테레사의 영혼으로 추정되었던 물질을 발로 툭 차니, 아무것도 아닌 빛덩어리로 쪼그라들어 버린다. 이번엔 인류가 긴급 기자 회견을 열 차례.

사이언티스트 여러분. 모두 안심하고 직무로 복귀해 줘 세포를 더 철저히 관찰하는 데 힘을 써 주세요.

여긴 어디?

못생긴 벌레 한 마리가 내 눈치를 살피며 살금살금 기어가고 있다. 뒷모습이 어쩐지 낯설지가 않다. 아, 너는 혹시 그때 그?

어느 봄날, 책상에 앉아 공부를 하고 있는데 검은 벌레 한 마리가 내 방 문지방을 기어가고 있는 것을 보았다. 반은 지네를 닮고 반은 바퀴벌레를 닮아서, 쳐다보고 싶지도 않을 만큼 못생긴 흉측한 벌레.

날이 더워지자 엄마는 단 하루도 떨어지지 않게 수박을 냉장고에 채워 두었다. 그 달콤하고 시원한 냄새를 맡고 우리 집에 온 건가. 세상 어느 누구도 좋아하지 않을 벌레를 죽여 버리려고 손에 잡히는 공책으로 벌레를 쳤다. 운이 없게도 빗맞아 버렸다. 문턱 홈의 깊이를 간과한 게 실수. 이번엔 확실히 죽이기 위해 서랍을 뒤져 긴 자를 꺼내 왔다. 그런데 다시 벌레를 본 순간 손이 멈칫했다.

도망도 가지 않고 죽은 듯 아까 그 자리에 꼼짝 않고 멈춰 있는 벌레. 좁은 홈 안에 몸을 꽉 끼운 채로.

뭐야? 도망 안 갔어? 도망가야지.

벌레는 묵묵부답.

왜 그래? 무슨 일이야?

묵묵부답.

그제야 벌레의 마음을 알게 되었다.

도망가 봤자 내가 쥐고 있는 자에 금방 잡힐 거라는

걸 알고 목숨 건 연기를 하고 있는 것이었다.

　제발 내가 아까 공책을 맞고 죽었다고 생각해 주세요.
아니면 나를 어젯밤, 벽에 뱉은 수박씨로 착각해 주세
요. 제발.

　내가 자기 연기에 속아 주기를 간절히 바라고 있었다.
두 눈을 꼭 감은 채. 벌벌 떨면서.

　하느님처럼 서서 몇 분을 지켜봤지만 벌레는 더듬이
한번 움츠리지 않았다.

　결국 내가 먼저 불을 끄고 방을 나와 버렸다. 뻔뻔하
게 다시 움직이는 모습을 나에게 들켰다간 너무 창피할
테니까.

　이야, 반가워. 너 역시 살아 있었구나. 네가 떠난 뒤
네가 붙어 있던 문턱 홈을 볼 때마다 나는 슬픈 마음이
들었어. 너무 못생긴 네가 너무 살고 싶어 하던 게 느껴
져서. 왜 그렇게 살고 싶어 했던 거야? 응? 네까짓 게 살
아서 뭐 한다고. 그래서, 지금은 어떻게 지내? 행복한
거야? 행복해?

　여긴 어디?

눈부셔.

억지로 태어나기 위해 옷이 다 벗겨지고 있는 기분이 든다. 몸을 감싸 주었던 무기들이 하나둘 사라져 속수무책 강탈당하고 있다. 눈부신 공간에서 누군가 내 목숨을 멋대로 쥐고 흔들고 있다. 번식하는 꽃씨들 때문에 쓰러지도록 만들었다가, 이제 정말 끝이구나, 그래, 차라리 잘됐어, 하는 생각이 드는 순간 다시 이봐, 눈을 떠, 눈을 떠, 하면서 멋대로 숨을 집어넣는다.

더는 속지 않아. 그 숨 속에 꽃가루를 뿌려 놓을 거지? 나 혼자만 심부름을 보내 놓고 뒤에서 총을 갈길 거지? 장난꾸러기. 이제 그만해.

이제 그만해.

정신이 드니?

그만해.

학생, 정신이 들어? 눈 크게 떠 봐. 여기가 어딘지 알겠어?

천국은 아니죠? 저기 우는 사람이 보여요.

본인 이름 한번 말해 봐요.

그건 우리 아버지한테 물어보셔야 해요. 내가 지은 게 아니니까.

아직 말을 못 하네. 학생, 동물원에서 쓰러진 거 기억 나요? 보호자한테 연락하려고 지갑을 보니까 꽃가루 알레르기로 발작을 일으킨다는 메모가 있던데, 알레르 기가 있는 사람이 꽃나무가 그렇게 많은 곳에 가면 어떡 해?

심한 꽃가루 알레르기로 발작을 일으킬 수 있습니다. 제가 쓰러져 있는 것을 목격하시면 CPR을 실시한 뒤 바로 응급실로 보내 주세요. 보호자 연락처는…….

연락처는 지워 버렸다. 그런 메모를 지갑에 넣고 다니 는 게 너무 창피해 몇 번은 심하게 구겨서 버리기도 하고, 비행기 모양으로 접어 쓰레기통으로 날려 버리기도 했다. 그러나 아예 찢어 버릴 수는 없었다. 꼬깃꼬깃해 진 종이를 내 손으로 다시 반듯하게 펴 지갑 안, 가장 눈 에 잘 띄는 투명한 칸 속에 다시 넣어 두었다. 볼 때마다 부끄러워 웃음이 나왔다.

하여튼, 되게 살고 싶어 한다니까.

일어날 수 있겠어? 바로 일어나면 어지러울 텐데. 혈 압이랑 맥박 다 정상으로 돌아오긴 했는데 조금 더 누워 서 쉬도록 해. 어차피 보호자가 올 때까지 기다려야 하 니까. 본인도 많이 놀랐죠?

예전부터 의사들은 믿을 수가 없었다. 친절한 의사들에겐 더 믿음이 가지 않는다. 흰 가운을 입고 미소까지 지으면 아픈 사람은 전부 다 속일 수 있다.

더 누워 있으래도.

이제 괜찮아요.

교복을 보니까 그 학교 학생 같은데, 맞죠?

학교에서 교복을 바꿔 주지 않는다면 나라도 체육복을 입고 다녀야지.

어제 1주기 추모식 때 우리 병원에서도 시간에 맞춰 같이 묵념했는데, 알아요? 응급실에서 3분은 생과 사를 넘나드는 시간인데도, 응급 환자들까지 참여해서 무척 감동적이었는데.

왜요?

왜긴. 아까운 생명들이니까 그렇지. 끝내 살리지 못하긴 했지만 우리 병원 집중 치료실에서 치료한 학생들이었잖아.

K를 찾아 복도와 화장실을 돌아다녔지만 찾을 수 없었다. 어쩌면 길이 엇갈려 K는 벌써 시청각실로 돌아갔을 수도 있겠구나 싶었다. 그만 내려갈까 했지만 왠지

이대로 돌아가기에는 아깝다는 생각이 들었다. 복도도 교실도 텅 비어 있었다. 나는 조금 더 걸어도 괜찮겠지, 하는 생각에 5층 강당까지 천천히 올라갔다. 조금 늦더라도 선생님께는 K를 못 찾아서 여기저기 돌아다녔다고 둘러대면 될 것이었다.

바보야, K는 진즉에 돌아왔어, 하며 모두 한바탕 웃을까. 아니면 혹시 나를 찾아서 또 다른 애를 심부름 보낸 건 아닐까. 서로가 서로를 찾아, 그러나 사실은 아무도 찾지 않으면서, 마주쳐도 모르는 척 지나치며 하루 종일 빈 학교를 왔다 갔다 하면 재미있을 텐데. 소풍 간 애들은 지금쯤 뭘 하고 있을까, 잠깐 궁금하기도 했다.

강당 창문에서 마을을 내려다보았다. 아래나 공사장에 우뚝 선 크레인 위로 비행기가 지나갔다. 부딪치지 않을까.

그때 멀리서, 이상한 울림 소리가 들려왔다. 별 신경 쓰지 않았다. 공사장에서 나는 소리일 테니까.

마스크도 없이 바람을 너무 오래 쐬고 있어서인지 기침이 나왔다. 나는 기침을 하며 얼른 창문을 닫았다.

언제까지 이렇게 살아야 하는 걸까. 의사들은 왜 치료약을 만들어 주지 않지. 죽을 때도 기침을 하다 죽을까.

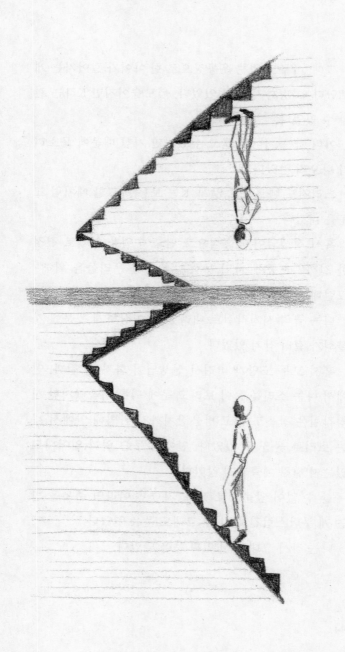

그때, 아무도 없는 운동장으로 한 아이가 걸어가는 게 보였다. 가방까지 메고 있었다. 뒷모습이지만 K라는 걸 알 수 있었다.

어디 가는 거냐고 묻고 싶었지만 기침 때문에 목소리가 나오지 않았다.

느리지도 빠르지도 않게, K는 보통 하교할 때처럼 교문을 나갔다.

혹시 선생님이 즉흥적으로 단축 수업을 하기로 결정한 걸까? 소풍에 가지 못하는 불행한 우리들을 위해? 그런데 왜 다른 애들은 없고 K 혼자지?

나는 급히 시청각실로 내려갔다. 이상하게 뒷문에 자물쇠가 걸려 잠겨 있었다.

혹시 모두 도망가 버려서 선생님이 화가 난 걸까. 안에서 나는 소리를 들어 보려고 문에 귀를 기울였지만 시청각실은 창문도 없고 방음장치까지 완벽해 안에서 나는 소리를 들을 수 없었다. 안에서 무슨 일이 일어나고 있는지 전혀 예측되지 않았다.

할 수 없이 앞문으로 갔다. 자습 중이라면 주목을 받는 게 부담스럽긴 하지만, 그래도 문을 열었다.

나는 잠시 그대로 서 있다 문을 닫았다.

꿈? 영화?

꿈도 영화도 아니라는 확신이 들 때까지 문 앞에 서 있다 다시 문을 열어 보았다. 같은 풍경이었다.

나는 문을 닫고 나와 어디로 가는지도 모르게 계단을 올라갔다. 정신을 차려 보니 1층이었다. 앞에 양호실이 보였다. 손잡이를 돌리니 문이 열렸다. 소풍을 따라 갔는지 양호 선생님은 없었다. 나는 양호실 침대에 앉았다. 얼마 동안이나 앉아 있었는지 모른다. 나중에 경찰이 그 시간이 3분에서 5분 사이였다고 알려 주었다.

온몸이 축축해지는 기분이 들었다. 아무 생각도 들지 않았다. 무슨 일이 일어난 건지. 무엇을 해야 하는지.

그때 문득 언젠가 양호 선생님이 전화를 받았던 일이 떠올라 나는 전화기 쪽으로 걸어가 수화기를 들었다.

모두 죽은 줄 알았는데 학생 세 명은 즉사하지 않고 살아남아 병원으로 호송되었다. 수많은 사람들이 촛불을 들고 병원으로 몰려들어 그 애들의 이름을 불러 가며 기도했다. 텔레비전에서는 그 모습을 하루 종일 생중계 했다. 티브이는 너무너무 신이 나 있었다.

세 명은 회복하지 못하고 모두 죽었다. 라파엘이라는 세례명을 가진 한 명은 죽기 전 잠깐 의식을 차려 사람들을 설레게 하기도 했다. 대통령이 급하게 티브이에 나와서 자기도 기도를 하고 있으니 조금만 더 힘을 내 주길 바란다고 말했다. 그리고 몇 분 뒤 그 애의 숨은 멎었다. 라파엘의 이름을 연호하던 사람들은 정말 천사가 죽기라도 한 것처럼 오열했다. 촐싹거린 대통령 때문이라고 생각했다.

뭐야, 대통령까지 나서다니, 너무 창피하고 부담스러워, 그냥 여기서 눈을 감아 버리는 게 낫겠어.

촛불 모임에 참가한 한 사람이 실수로 촛불을 꺼뜨리는 게 화면에 잡혔다.

그 학교 학생이라고 하니까 왠지 더 특별한 느낌이 들어서 반드시 살려 내야겠다는 생각이 들던데. 전기 충격기를 얼마나 세게 했는지 하마터면 팔이 부러질 뻔했어.

나는 오랫동안 궁금해하던 문제가 단번에 풀린 것처럼 홀가분한 기분이 든다. 역시, 의사들도 그런 생각을 하는 게 맞구나.

분명 그럴 거라고 생각하긴 했어요.

그런 생각이라니? 무슨?

이 사람은 죽어 버려도 괜찮겠어, 너무 나쁜 사람이

야. 다음. 아, 이 사람은 꼭 살려야지. 얼굴이 잘생겼으니까. 다음. 아, 이 사람은 살릴까 말까. 멋진 시계를 찼는데 어디 한번 죽였다가 살려 내 볼까? 이런 생각요.

의사의 얼굴빛이 어두워진다. 내가 마음 밑바닥에 고여 있던 흙탕물을 발로 건드린 건지 가장 높은 곳에서 애써 깨끗하게 유지했던 얼굴이 본연의 색으로 돌아온다. 의사들에겐 저 얼굴이 어울린다.

학생, 이름이 뭐야? 지갑을 봐도 학생증은 없던데.

이제 집에 갈래요. 어? 내 모자랑 마스크. 그러고 보니까 껌도.

이름이 뭐냐니까. 차트도 작성하고 보호자도 불러야 할 거 아니야.

내 안전모랑 마스크 어디 있어요? 껌은?

무슨 안전모랑 마스크. 그런 건 있지도 않았는데. 그리고 껌이 기도로 잘못 들어가면 죽을 수도 있다는 거 몰라? 학생 같은 발작 환자는 평소에도 껌은 절대 씹지 말아야 해.

다 빼앗아 간 거예요?

빼앗아 간 게 아니라 애초에 여기 올 때부터 없었다니까.

의사의 화난 목소리를 뒤로 하고 나는 침대에서 일어났다. 어차피 내 게 아니었으니 빼앗아 갔대도 어쩔 수 없다.

이대로 가면 안 된다니까. 보호자 확인도 하고 병원비도 내고. 여기, 누가 좀 와 봐요.

풀어져 있는 셔츠 단추를 잠그고, 재킷을 걸친다. 재킷 주머니에 넥타이가 들어 있어서 그것도 다시 목에 맨다. 그러고는 가방을 챙겨 나가려는데 의사가 가지 못하게 막아선다.

학생 맘대로 그냥 갈 수 있는 게 아니래도. 진료비를 수납해야⋯⋯. 여기, 얼른 원무과 사람 좀 불러 줘요.

나는 의사를 힘껏 밀쳐 쓰러뜨린 뒤 응급실을 빠져 나온다. 저 학생 잡아, 외치는 소리를 듣고 사람들이 나를 쫓아온다.

세상에는 멋지게 달릴 수 있는 사람이 의외로 드물어서, 어쩌다 학교 체력장 같은 데서 굉장히 깔끔한 자세로 빠르게 달리는 아이를 보면 나는 마치 우수한 종을 발견한, 세상에서 가장 이상한 폼으로 뛰는 유전학자라도 된 것 같은 기분이 든다. 호흡기관이 약한 사람에게 달리기는 독. 학교 뒷산에 소나무가 많아 봄철, 바람이 많이 부는 날엔 체육 수업을 받으면서도 마스크를 쓰고 있어야 한다. 머리를 짧게 깎은 체육 선생님은 그런 나를 늘 못마땅하게 여겼다.

야, 그런 걸 쓰고 얼쩡거릴 바에야 차라리 양호실에 가 누워 있어. 괜히 수업 분위기 흐리지 말고.

친구 몇몇이 저 인간 파쇼니까, 하고 위로해 주었다. 마음에 들지 않는 선생들은 모두 파쇼라고 부르면 분이 풀린다.

양호실 문을 열고 들어가는데 먼저 온 K가 양호 선생님한테 치료를 받고 있었다. K도 나도 웬일이야? 그러는 너는? 어디 아파? 같은 인사는 나누지 않았다. 그냥 눈을 힐끗거리는 것으로 서로의 존재만 확인했다. 양호 선생님은 체육복 차림인 나를 보고 알겠다는 듯 또 쫓겨났구나, 하며 웃었다.

K는 얼마 전에 봉합 수술을 받은 귀가—관리를 잘 못 했는지—다시 벌어져서 소독을 하고 연고를 바르는 중이었다. 지난 주 클럽 시간 때, 갑자기 한쪽 귀에 붕대를 감고 온 K에게 고흐야?라고 물었더니 한니발한테 먹혔다고 대답해서 장난으로만 여겼는데 붕대를 푼 K의 모습은 어딘가 절망적이었다.

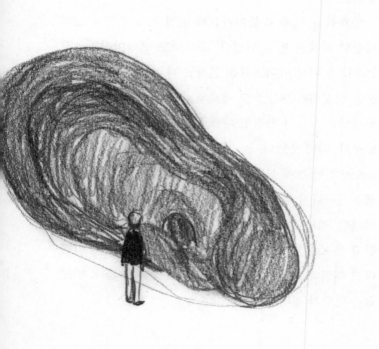

네가 알아서 관리를 잘해야지, 이렇게 상처를 벌려 놓으면 어떡해. 당분간 귀에는 아예 손을 대지 말아야 해.

K는 어쩔 수 없어요. 귀는 일종의 손잡이 같은 거니까,라고 대꾸했다.

무슨 말이야?

K는 잡기 편한 곳이란 말이죠,라고 설명했다.

엉뚱한 녀석. 귀가 잡으라고 있는 거니, 소리를 들으라고 있는 거지.

K의 기본적인 치료를 끝낸 양호 선생님은 나에게는 별다른 치료를 할 것도 없이 체육 시간에만 누웠다 갈 거지?라고 묻고는 복도 쪽에 붙은 침대를 가리켰다. 나는 창가 쪽 침대로 가 신을 벗고 누웠다. 커튼을 치니까 양호 선생님이 K를 향해 넌 어떡할래? 바로 수업 들어갈래? 아니면 좀 쉬다 갈래? 하고 묻는 소리가 들렸다.

조금만 있다 갈게요.

K가 그렇게 말해서 조금 기분이 나아졌다.

바람이 불자 운동장 모래와 나무에 달린 꽃잎들이 함께 일어나는 게 보였다. 파쇼도, 흙모래도, 꽃가루도 들어오지 않는 양호실이 좋았다.

양호 선생님만 어딘가로 가 버렸으면 좋겠다고 생각

했다. 머릿속으로 그럴 수 있을 만한 여러 가지 경우를 떠올려 보았다. 갑자기 전쟁이 나서 온 학교 양호 선생님들이 강제 동원 된다거나 갑자기 배가 아파 출산을 하러 병원에 간다거나 양호 선생님의 존재를 만든 누군가가 양호 선생님을 핀셋으로 집어 이곳에서 사라지게 해 버린다거나.

그때, 전화벨이 울렸는데 믿을 수 없게도 양호 선생님은 전화를 받더니 잠깐 교무실에 다녀와야겠다며 양호실을 나갔다. 내 바람을 이뤄 주기 위해, 생각지도 못한 가장 비현실적인 일이 일어난 것이다. 마치 내가 그 일을 해낸 것 같았다.

양호 선생님의 발소리가 멀어졌을 때쯤, K가 내가 누워 있는 침대 커튼을 걷고 들어왔다. 나는 창밖에서 뛰고 있는 애들과 체육 선생님을 가리키며 파쇼가 체육 담당인 게 정말 다행이지, 만약 국사나 일반사회 과목이었다면 우리 학교 학생들은 알아서 다 빡빡머리로 밀었을 거야, 하고 말했다. K는 웃었다.

사실, 그렇게 대단한 것도 없는데 말이야. 저런 머리를 하고 있으니까 괜히 더 무서워 보이는 거지. 알고 보면 체육도 교직 이수를 하려고 안간힘을 써서 간신히 고등학교 선생이나 된 사람에 불과하잖아. 임용고시를 통과한 게 저 사람 인생에선 가장 큰 명예겠지.

어쨌든 지금은 선생님이니까,라고 내가 대꾸했다.

선생님. 맞아, 선생님이지. 하지만 바로 그 점이 체육의 가장 큰 약점이기도 하잖아. 다음번에 또 너에게 무례하게 굴면 아예 마스크를 벗고 보란 듯이 힘차게 달려버리는 건 어때? 운동장 다섯 바퀴 정도. 이왕이면 꽃가루가 가장 많이 날리는 날이 좋겠지.

야, 난 그러면 정말 쓰러진다고, 죽을 수도 있어.

그게 무서워? 어차피 모든 인간은 한 번은 쓰러지거나 죽는걸. 네가 죽으면 체육은 빡빡 민 저 머리부터 당장 길러야 할 거야. 평소에 달리기를 못 한다고 너를 억압했던 게 드러나면 교도소에 갈 수도 있겠지. 법으로 해결하는 게 가장 저급이긴 하지만 체육 같은 인간은 어쩐지 교도소나 체포 영장 같은 걸 가장 무서워할 것 같지 않아? 아무튼 진지하게 생각해 봐. 달리다가 죽는 것도 꽤 멋진 죽음 아냐? 게다가 꽃가루에 의한 쇼크사라니. 그림이 좋아. 봐, 여기 창가에서 바라보는 구도. 축구 골대와 트랙 사이, 바로 저 지점에서 쓰러지는 거야. 어때?

도시에 난 모든 길은 달리기에 부적합하게 딱딱하게
굳어 있다. 발바닥이 타들어 가는 기분. 도로 중간에 불
쑥 튀어나와 있는 쇠기둥은 도시 설계의 기본 방향을 상
기시킨다.

제1조. 누구도 달리지 못하게 할 것.

제2조. 심장 박동수가 빨라지지 못하도록 시설로 제
어할 것.

제3조. 뛰면 위험해요, 이런 표지판을 곳곳에 설치하
여 달리는 사람에게 부정적인 인상을 덧입힐 것.

체육 시간마다 핍박을 받았던 내 호흡기관은 알고 보
니 도시에 최적화된 맞춤 설계형. 나는 누구보다도 훌륭
하게 진화된 인간. 생존의 법칙을 열심히 따르고 있다.

왜? 무얼 위해서? 두 다리마저 퇴화되는 훗날, 벽을
기어가는 벌레가 되려고?

왜 나를 쫓아오는지 모르겠는 사람들이 계속해서 나
를 뒤쫓아 오고 있다. 유일한 통로인 횡단보도가 빨간불
에 막혀 있다. 길이 없다. 어떡해야 하지?

거기 서!

어떡해야 할까.

검은색과 흰색이 교차된 스트라이프 도로. 빨간색

등. 그림이 좋아. 보여? 저기서 트럭이 달려와. 지금이
야. 바로 저 지점에서 쓰러지는 거야.

정말 이대로 뛰어들어 버릴까? K.

이름. 나이. 주소. 학교. 아, 학교는 물을 것도 없군.

지금까지 발표된 영화 속에 나오는 모든 직업군을 수
치로 계량화해 보면 경찰관이 단연 1등. 2등은 아마도
몸을 파는 여자들? 둘은 늘 세트로 묶이니까. 그러나 실
제 경찰관들은 영화라고는 단 한 편도 본 적 없는 사람
들 같다. 왜 가장 심혈을 기울여야 할 첫 장면을 이름,
나이, 주소를 묻는 것으로 시작하는 걸까. 그런 것들은
나중에, 아주 나중에 거기 서랍 좀 닫아 줘, 하는 식으
로 밝히는 게 좋을 텐데. 아예 밝히지 않는다면 더 훌륭
하고.

영화 시작부터 끝까지 아무도 주인공을 이름으로 부
르지 않고 아무도 그걸 궁금해하지 않는다면.

어? 그러고 보니 어디서 많이 들어 본 이름 같은데.

내가 개입한 적 없는 이름 같은 것을 가지고 시간을
끄는 대신 너, 아까 도로로 뛰어들려다 망설였지? 창피
한 줄 알아, 하고 굴욕을 주는 컷으로 시작한다면 지구

대도 꽤 괜찮은 오프닝이 될 수 있을 텐데. 하지만 재촬영은 불가.

아, 너. 그러고 보니 너 그 애구나.

상습범입니까? 이번이 처음이면 선처해 주려고 했는데 상습범이면 생각을 다시 해 봐야겠네요. 병원이 자선 단체는 아니니까.

아니, 그게 아니라. 그때 그 학생이에요. 동명고 총기 난사에서 혼자 살아남은 유일한 생존자. 맞지, 너?

'유일한'이라는 영광스러운 수식어가 따라다니는 인간은 놀림을 당하듯 저 혼자만으로는 유일할 수 없는 존재가 되어 버린다. 일 년 전 그날 이후로 나는 언제나 동명고 총기 난사에서 혼자 살아남은 유일한 생존자. 점심 급식을 먹으려고 식당에 줄을 서 있을 때도, 교정을 지나다 꽃나무 아래에서 재채기를 할 때도, 평소보다 늦은 시간에 집으로 돌아갈 때도, 나는 늘 총기 난사에서 혼자 살아남은 유일한 생존자. K는 왜 빼놓는 거야.

아니에요.

아니야?

아니에요.

맞는 것 같은데. 너, 신문에도 여러 번 실렸었잖아. 얼굴이랑 이름, 나이, 학교 다 똑같은데 네가 아니야?

안 봐요. 신문 같은 거.

너는 안 봐도 우리 같은 경찰들은 필히 본단다.

그런 거 믿지 마세요.

왜?

다 거짓말이니까. 형사들이 위압적으로 굴어서 거짓 진술을 한 거예요.

역시 너 맞구나. 그럴 줄 알았지.

오, 얘가 정말 그 아이입니까?

네. 맞아요, 얘가 그 애예요.

그렇다면 우리 병원 차원에서도 다른 조치를. 잠깐 전화 좀. 실례하겠습니다.

병원 관계자가 전화기를 꺼내 여보세요, 사무장님, 하고 말하며 자리를 뜬다. 경찰이 그 뒤를 힐끔거리며 아무래도 선처해 줄 것 같지?라며 미소 짓는다.

그런데 시간 한번 참 빠르네. 그새 일 년이 지나다니. 어제 우리 서장님도 추모제에 참석하러 학교에 갔었는데, 봤나? 물론 서에 남은 경찰들도 죽은 학생들을 위해 다 같이 묵념했고.

왜요?

왜긴. 안 할 수가 있나. 우리 관내에서 그렇게 끔찍한 사고가 일어났는데. 아직도 이해가 안 가는 사건이야. 이해해서도 안 되고. 그런데 참, 아까 전에 다 거짓말이라는 건 무슨 말이야? 형사들이 위압적으로 굴어서 거짓 진술을 한 거라니?

지금이랑 비슷했어요.

지금이랑 비슷하다니? 우리가 너한테 위압적으로 굴기라도 했다는 거야?

내가 아니라는데도 자꾸 맞다고 우겼잖아요.

하지만 결국엔 너인 게 맞잖아.

그런 말은 경찰 조사관들은 써서는 안 되는 말 아니에요? 결국이라니, 뭐가 결국이라는 거야.

아, 이런 걸 얘기했던 거구나. 대충은 알겠다. 네가 거짓말이라고 하는 게 어떤 식의 거짓말인지.

'대충'도 쓰면 안 되는 말이고요.

자식, 되게 예민하네. 역시 경험자라 이거야? 근데 착각하지 마라. 그때는 어땠을지 몰라도 지금은 어디까지나 피의자 신분으로 여기에 온 거야.

경찰이 거들먹거리는 표정으로 나를 내려다본다. 처음엔 저런 얼굴이 너무 무서워 무조건 복종해야 하는

줄로만 알았다.

　네가 우리한테 협조를 잘해 줘야지 지금처럼 계속 모르겠다는 말을 하면 피차 힘들어지는 거야. 우리는 빨리 이 사건의 내막을 밝혀야 하고, 너도 빨리 조사받고 집에 가서 쉬는 게 좋잖아. 자, 다시 집중해 보자. 우리가 알고 싶은 건, 말하자면 방아쇠야. 도대체 그 소풍날 시청각실에서 무슨 일이 있었기에 그런 일이 벌어진 건지, 늘 사물함에 넣어 두었던 총을 하필 그날 꺼내서 쏘게 된 자극이 무엇이었는지. 너도 들어서 알고 있겠지? 그 잘난 부모들이 어떻게 걔를 감싸고 있는지. 아버지는 변호인 노릇에, 엄마는 그 애를 정신질환자로 몰고 갈 속셈이야. 그놈은 그걸 믿고 범행을 자백하는 것 외에는 입을 딱 다물어 버렸으니 진실을 밝혀 줄 수 있는 사람은 너밖에 없어.

　그러나 거듭되는 경찰 조사를 통해 내가 조금만 똑똑하게 생각하고 행동하면 저 사람들이 나에게 복종해야 할 때도 있다는 것을 알게 됐다.

　벌써 몇 번이나 얘기했어요. 방아쇠니 자극이니 하는 게 어떤 걸 얘기하는지 모르겠다고. 모든 게 평상시와 같았기 때문에 그 애가 왜 하필 그날 그런 짓을 한 건지는 나도 모르겠다고. 그런데도 계속 이런 식으로 추궁을 한다면……. 그 애가 입을 다물었다고 했죠? 그럼 전 이제부터 거짓말을 하겠어요. 선배들이 그 애에게 시비를 걸었다거나, 선생님이 그 애를 공개적으로 망신을 주었다고. 사실은 나머지 애들이 먼저 그 애를 죽이려고 해서 그 애는 자기방어 차원에서 총을 쏜 것뿐이라고. 평소에도 정신병을 의심할 만한 행동을 자주 했다고. 이렇게 하면 방아쇠니 자극이니 하는 게 생기는 거 맞죠?

말은 그렇게 했지만 집에 와서는 무서워서 벌벌 떨었다.

전화를 받으러 나갔던 병원 관계자가 돌아왔다. 경찰은 병원 관계자를 의식해 더 우쭐대며 말을 한다.

그 아비규환에서 살아남았으면 말야, 자기 인생을 좀 더 책임 있게 꾸려 가야지, 병원비를 안 내고 도망치는 시시한 일로 잡혀 오면 어떡해? 어제가 바로 1주기 추모일이기까지 했는데. 유일한 생존자가 이렇게 인생을 낭비하고 있다는 것을 알면, 하늘에 있는 친구들과 선생님이 얼마나 슬퍼하겠어?

상담 마지막 날, 닥터 장이 말했다.

네 인생이 죽은 아이들의 희생으로 얻어진 덤인 것마냥 얘기하는 사람들을 만나거든, 내 명함을 주면서 여기로 전화해 보라고 해.

전화하면요?

욕을 실컷 해 주지.

정신과 의사가 욕을 하면 어떡해요.

치료의 일환으로 하면 되지. 뇌 사고 회로에 충격을 줄 욕들로만 골라서 정신을 차리게 해 줄 테니 한번 믿어 봐.

6개월의 상담 기간 동안 처음으로 웃음이 나왔다. 앞으론 볼 일이 없을 테니까, 부끄러웠지만 용기를 내 닥터 장에게 존경과 감사를 담아 인사 드렸다.

역시. 선생님은 사이비야.

닥터 장은 미소를 지으며 고맙다고 했다.

그 제안을 실행에 옮긴 적은 단 한 번도 없다. 그랬다간 하루도 안 돼 명함이 다 떨어져 버렸을 것이다. 닥터 장의 말대로라면 나는 지난 일 년 동안 마주친 모든 사람들에게 일일이 명함을 나눠 줘야 했다. 친구들과 선생님, 경비 아저씨, 슈퍼마켓 주인, 거리에서 스쳐 지나가는 나를 모르는 행인들에게.

떠돌이 개와 새, 고양이의 꿰뚫어 보는 눈빛에도 명함
에 적힌 전화번호를 불러 주어야 했다. 죽은 애들은 더
이상 겪을 수 없는 5월, 6월, 7월로 넘어가는 달력에도
명함을 붙여야 했다. 오늘은 어땠어?라고 물어보는 부
모님의 말투에도 명함이 어딨지? 하며 주머니를 뒤적
거려야 했다. 나는 오빠가 이겨 낼 수 있다고 믿어, 파이
팅!이라고 여동생이 써 준 편지에도 닥터 장의 전화번
호가 적힌 명함으로 답장해야 했다.

무엇보다도 매일 아침 일어나는 나 자신에게도 여기
에다 전화를 해 보라고 해야 했다.

학생, 경찰 아저씨 말을 가슴 깊이 새겨듣도록 해요.
학생 인생은 학생 혼자 게 아니야. 죽은 친구들이랑 함
께 사는 거야. 이번엔 훈방으로 넘어가 줄 테니까 다음
부턴 절대 그러면 안 돼.

아, 그러시겠습니까?

네, 사무장님께서 반성문을 받는 선에서 마무리 지으
라고 하시네요.

자, 어서 감사하다고 인사 드려라. 매번 이렇게 좋은

분들을 만날 수 있는 게 아니야. 내가 너라면 무릎 꿇고 절이라도 하겠다.

하하, 절은 무슨. 됐습니다.

두 사람은 나를 지옥에서라도 빼 준 것 같은 얼굴이다.

희고 깨끗한 종이. 모두가 굶주린 야수들처럼 둘러서서 내 손을 내려다보고 있다. 피가 흥건하면 흥건할수록 좋겠지. 그러나 나는 아무 잘못도 하지 않은 희생양을 어디 가서 어떻게 잡아 와야 하는지 모르겠다. 내가 턱을 괴고 엎드린 채 펜만 붙들고 있으니까 병원 관계자가 시계를 힐끔 쳐다본다. 그걸 본 경찰이 어서 말머리라도 적으라며 나를 재촉한다.

왜 이렇게 한 줄도 못 써?

어떻게 시작을 해야 할지 몰라서.

본인이 지금 여기 왜 와 있는지 본인이 가장 잘 알 거 아니야. 자기가 잘못한 점을 밝히고 잘못했다고 쓰면 간단한걸. 열아홉 살이나 돼서 그것도 못 쓰겠어?

별로 똑똑해 보이지 않는 경찰관의 말이 큰 힌트가 되었다. 내가 지금 여기 왜 와 있느냐고?

가장 먼저는 빨간 신호 앞에서 멈춘 나를 저 사람들이 억지로 끌고 왔기 때문에.

그러나 그보다 먼저 누군가가 내 안전모와 마스크, 껌을 다 빼앗은 뒤 병원으로 보냈기 때문에.

그러나 그보다 먼저 택시 기사의 불행한 눈빛을 보았기 때문에.

그러나 그보다 먼저 영화관이 있는 길을 버스가 경유했기 때문에.

그러나 그보다 먼저 호의를 베풀어 준 공사장 남자의 기대를 꺾고 싶지 않았기 때문에.

그러나 그보다 먼저 숙제를 하지 않아도 선생님께 혼나지 않을 거라는 말이 현실이 되는 것을 그대로 두고 볼 수 없었기 때문에.

그리고 그보다 먼저 어제저녁 피곤하다는 핑계로 일찍 방으로 들어와 불을 껐기 때문에, 아버지가 엄마에게 전화를 걸어 내가 먹고 싶은 것이 무언지 물어보라고 하는 말을 들었기 때문에, 추모식 때 울린 사이렌 소리가 하루 종일 귓가에 울렸기 때문에, 유족들이 나를 찾아와서 제발 진실을 말해 달라고 빌었기 때문에, 신고 전화를 받은 경찰이 다 죽었어요,라는 내 말을 알아듣지 못하고 몇 번이나 누가 죽었다고요? 하고 되물었기 때문에, K의 영화를 본 애들이 재밌다, 그렇지? 무슨 내용인

진 모르겠지만 신선하긴 해. 그런데 왜 완결을 안 했어? 우리도 출연시켜 줄래?라고 물었기 때문에, 의사가 소풍을 망친 나를 앞에 앉혀 두고 제때 심폐소생술이 이뤄지지 않으면 사망할 위험도 있습니다,라고 설명했기 때문에, 병원에서 깨어나는 순간 눈이 너무 부셔서 나도 모르게 싫어, 싫어, 하며 울어 버렸기 때문에.

어두컴컴한 물속인 여긴 어디?

저기, 조그맣게 벌어진 틈에서 시끄러운 소리와 환한 빛이 쏟아져 들어오네.

본인이 지금 여기 왜 와 있는지 본인이 가장 잘 알 거 아니야.

아, 그런 이유라면 역시 태어났기 때문에. 라텍스 장갑을 낀 손에 다리가 잡혀 강제로 세상에 끌려 나왔기 때문에.

태어나서 죄송합니다. 잘못했습니다.

병원 관계자와 경찰이 동시에 코웃음을 치며, 내가 막 열중하기 시작한 종이를 빼앗아 가 버린다.

까불지 마. 지금 네가 장난이나 치고 있을 때야?

경찰은 범인의 팔목에 수갑을 채우듯 종이를 강압적으로 구긴다. 죄를 들어준 대가로 고해자의 눈앞에서 고

문을 당하는 신부님.

죄송하지만 저는 이제 그만 가 봐야겠습니다. 반성문은 완성되는 대로 병원 팩스로 보내 주십시오.

일곱 시가 되자마자 병원 관계자는 자기는 이만 퇴근할 시간이라며 소지품을 챙긴다. 경찰서에 와서도 퇴근 시간을 지키는 소박한 정직함에 앞으로의 그의 인생을 미리보기로 관람한 것 같다.

아까 나왔던 장면 아니야? 2배속으로 돌려 봐. 똑같잖아. 다시, 3배속. 4배속.

병원 관계자가 떠난 뒤, 경찰은 구석진 책상으로 나를 옮겨 앉게 한다. 충분히 시간을 줄 테니 여기에 앉아서 태어나서 죄송합니다, 같은 비꼬는 말 대신 마음에서 우러나오는 진지한 반성문을 써 보라고 한다.

내가 지금껏 시도한 것들 중 가장 사실에 부합하고 진실한 범인류적인 반성문을 구겨 버렸으면서 이제 와 마음에서 우러나오는 진지한 반성문을 다시 쓰라니. 이래서 다들 허위 자백을 할 수밖에 없는 건가.

제복과 복종. 알고 보면 그 어느 곳보다도 허위의 세계. 끌려올 때부터 베이커리와 꽃집 사이에 위치한 경찰서가 어쩌면 사실이 아닐지도 모른다고 생각했다. 가죽

허리띠에 거꾸로 꽂혀 있는 저 총처럼.

일선 경찰들이 휴대하고 있는 총의 일부가 사실은 발사 장치가 없는 가짜 총이라는 루머가 퍼져 있는 것은 알고 계십니까?

알고 있습니다.

경찰청의 수장으로서 루머를 불식해야 한다는 책임감은 느끼지 않습니까?

하등의 불필요한 일입니다. 루머를 정 확인하고 싶거든, 각자 확인해 보면 될 것 아닙니까. 확인할 방법은 무궁무진하니.

열여덟 명이 사망한 총기 사건 이후에도 루머가 밝혀지지 않은 걸 보면 경찰들은 자신들의 총을 영원한 미해결 사건으로 남겨 두고 싶어 하는지도 모르겠다.

경찰서에 전화벨이 울린다. 벨이 두 번 울리기 전에 전화를 받은 경찰이 뭐라고요? 하며 발신인의 목적을 공개한다.

지금 당장 계좌로 1억 원을 송금해 주지 않으면 자살하겠다고요?

경찰들이 모두 일제히 전화기 쪽으로 몰려든다.

이제야 비로소 경찰이 나에게 요구하는 진지함이 어

떤 것인지 알 것 같다. 도무지 자살할 것 같지 않은 남자를, 당신 같은 사람은 자살해도 별 상관 없는 마음으로 상대하면서 그가 불러 주는 계좌 번호를 받아 적는 것.

소란스러운 틈을 타 뒷문으로 슬그머니 지구대를 빠져나왔다. 백지 상태의 반성문 종이는 접어서 책상 위에 반듯하게 올려놓았다. 현행범을 눈앞에서 놓친 경찰이 나를 대신해 병원 관계자를 감동시킬 만한 진지한 반성문을 써 주겠지.

내가 경찰서에서 나오는 것을 눈여겨보고 있던 누군가가 일부러 내 쪽으로 와 어깨를 치고 걸어간다.

행정 착오로 밤에 출소하게 된 만기 징역수는 감옥 바로 앞에서 사람을 찔러 다시 철창으로 끌려 들어간다. 출소하자마자 다시 수감된 그를 동료들이 낄낄대며 놀려 대지만 그는 평온하다. 감옥 안에서만 성자로 거듭나는 부류도 있는 법.

다리 밑을 흐르는 하천은 옛날엔 까맣게 썩은 물이었는데 지금은 2급수가 되었다.

하천 수풀 속에서 새들이 알을 낳으며 평화롭게 살고 있다. 물에 발을 담그고 깃털을 씻는 모습이 다른 세상에서 벌어지는 일 같다.

맞은편, 풀이 들썩이는 곳에 오렌지색 고양이가 앞발을 가지런히 모으고 앉아 있다. 기다리는 자세가 기도하는 모습 같다.

새들이 울부짖으며 한꺼번에 하늘로 날아오른다. 오렌지색 고양이가 빨간색 고양이가 됐다. 차도에서는 경적 소리가 울려 퍼진다.

아무도 사용하지 않는 빈 공중전화 박스에 수화기가 떨어져 있다. 수화기를 드니 문득 아무 곳에나 전화를 걸어 보고 싶다. 거리엔 숫자가 가득하다. 맞은편 건물 3층에 나란히 입주한 교회와 고시원. 교회 전화번호 뒷자리가 9413이고 고시원 전화번호 뒷자리가 9414인 데 특별한 이유가 있을까.

네. 고시원입니다.

빈방 있어요?

그럼요, 있죠. 입실하시려고요?

네. 그런데 아무나 받아 주나요?

그럼요. 누구든지 들어올 수 있으시죠.

거기서 죽을지도 모르는 사람도?

뭐예요? 재수 없으니까 장난 전화 하지 마세요.

장난 전화 아니에요. 지금, 쫓기고 있어요.

쫓기고 있다니? 누구한테요?

사실은, 얼마 전에 사람들이 많이 죽었는데 이상하게 저 혼자만 살아남았어요.

어머, 교통사고라도 당한 거예요?

비슷해요.

그런데 쫓기고 있다는 건 무슨 말이에요?

아무래도 그날 나만 죽지 않은 것에 모든 사람들이 의심을 품고 있는 것 같아요. 가족들도, 경찰들도, 친구들도.

나쁜 사람들 같으니라고. 하나님의 뜻으로 살아남은 사람에게 그런 의심을.

하느님 같은 건 아무도 안 믿어요. 하느님을 믿는다고 하면 아직도? 하며 다들 놀리기만 하는데요.

쯧쯧. 영혼이 가난한 불쌍한 사람들.

그래서 사람들이 더 이상 의심을 품지 않게 해 줄 생각인데 한 가지 마음에 걸리는 게 있어서요.

그게 뭔데요?

사이렌 소리.

사이렌 소리?

제가 죽으면 혹시 사이렌이 울리면서 다들 묵념을 할

까 봐.

무슨 그런 쓸데없는 걱정을.

하지만 실제로 사이렌이 울리는 걸 들어서.

아, 어제 울린 사이렌 때문에 그런 생각을 하는구나. 그런데 이봐요, 그건 정말 우리나라에서 유례가 없는 안타까운 죽음이었기 때문에 온 국민이 함께 추모를 한 거지—그 애들은 분명 다들 천사가 됐을 거예요, 라파엘은 특히—이 사람 저 사람 죽는다고 사이렌을 매번 울리는 나라는 세계 어디에도 없어요.

그런 거예요?

그럼요. 그러니 쓸데없는 걱정은 안 해도 돼요.

그런데 그 애들은 정말 천사가 됐을까요?

그럼요. 천사가 됐죠.

소문을 들으니 죽은 애들 중엔 다른 애들 실내화를 뺏어서 자기 것처럼 맨날 신고 다니던 애도 있었다고 하던데. 식권을 안 내고 몰래 급식을 먹은 애도. 친구들에게 교실에서 포르노를 보여 줬던 애도. 듣자하니 그 애가 라파엘이라고 했던 것 같은데.

여보세요. 죽은 아이들 모함하지 마세요. 그리고 하나님은 실내화니 식권이니 포르노니 하는 사소한 것에는 신경 쓰지 않으세요.

정말요?

정말요.

억울하네요.

억울하다니, 뭐가요?

나도 천사가 될 수 있는 기회가 있었는데.

이 사람 좀 봐. 아무나 천사가 될 수 있는 게 아니에요. 거기에도 엄격한 법칙이 있어요.

그게 뭔데요?

잠깐만 있어 봐요. 책에서 보고 알려 줄 테니.

꺼져 있던 교회에 환한 불이 들어온다. 성경 공부 교리책인지 뭔지를 찾아 방 안을 분주하게 움직이는 여자의 형체가 두루뭉술하게 반사돼 보인다. 그러는 동안 동전이 떨어져 전화가 끊겨 버렸다.

아무리 기다려 봐도 여자가 교회에서 나올 기미가 보이지 않는다. 나는 책가방 바닥에서 동전 몇 개를 더 찾아 9413으로 전화를 건다.

네. 교회입니다.

책은 찾았어요? 뭐라고 나와 있어요?

여자가 다짜고짜 나에게 정신병자라고 욕을 하며 전

화를 끊어 버린다. 곧 여자가 교회 창문을 열고 구석구석 주위를 두리번거리는 게 보인다. 책에 '천사가 될 수 있는 조건'이라는 챕터가 정말로 있는지, 있다면 방법이 뭔지 무척 궁금하지만 어차피 천사가 되는 데 실패한 사람이 쓴 책일 테니까 다시 전화는 걸지 않는다. 사실은 여자가 무섭기도 하고.

편의점이 보여서 길을 건넜지만 막상 가까이 가니 불빛이 너무 환해서 돌아 나왔다.

빨간불에 멈추고 파란불에 건너기로 한 약속을 철저하게 지키는 사람들이 귀엽다. 맨 처음 그런 약속을 만들어 낼 생각을 해낸 사람도 귀엽다. 빨간불에 멈추고 파란불에 건너는 약속을 지키지 않아 하늘로 붕 떠오른 사람도 귀여울 순 없을까.

술에 취한 한 늙은 남자가 오직 커플만을 찾아다니면서 길에서 주무르지 말고 여관에나 가라며 모욕을 주고 있다. 발만 슬쩍 걸어도 금방 나자빠질 것 같은데 다들 두려운 눈길로 늙은 남자를 피해 가기만 한다. 의기양양해진 늙은 남자는 왕이 된 양 비틀거리는 걸음으로 거리를 휘젓는다. 한 인간 때문에 모두가 불행해지고 있다. 지금 저 남자를 차로 치어 죽이면 이 거리와 이 거리를 걷는 사람들이 단 1퍼센트라도 행복해질 수 있을 텐데.

1퍼센트라니.

무슨 말을 하는 거야, 고작 1퍼센트라니. 100퍼센트여야 한다고, 최소한 한 사람을 죽일 때는. 그를 죽여서 온 인류가 100퍼센트 행복해질 때, 그를 죽이는 일에 단 한 명이라도 양심의 가책이나 우울, 슬픔, 다음 날 변덕을 느끼지 않을 때, 그 사람을 낳은 여자와 그 사람으로부터 도움을 받은 적 있는 사람, 그 사람을 전혀 모르는 먼 극지방의 사람들까지도 그를 죽이는 데 찬성표를 던질 때만 비로소 한 사람을 죽이는 게 허용되는 거야.

잠깐. 그건 1퍼센트의 가능성도 없는 얘기잖아. 구름이 잠깐만 해를 가려도, 그림자가 조금만 길쭉해져도, 비행기가 북쪽으로 조금만 올라가도 금방 울적해지는 인류에게 100퍼센트 동의란 게 가능하겠어? 저 늙은 남자의 엄마까지 마침내 저 애를 죽이세요,라고 동의해서 저 남자를 없애 버린다 해도 분명 다음 날, 닥터 장의 상담소엔 선생님, 아무래도 우리 인류가 어젯밤 크나큰 죄를 저지른 것 같습니다, 인류는 또 퇴보하고 말았어요,라고 고백하는 환자가 찾아올 거야.

그런 환자들 덕분에 인류애가 생겼지.

나는 인류가 아니야. 나는 인간이야. 나는 인간이라고. 하지만 저 술주정뱅이도 인간. 모욕을 참는 커플도 인간. 구경꾼들도 인간. 죽은 애들도 인간. K도 인간. 다 인간이네.

그러면 인간은 뭐지.

누가 신고를 했는지 경찰들이 와서 늙은 술주정뱅이를 잡아간다. 한 커플의 앞을 가로막은 채 행패를 부리던 남자는 경찰을 보고는 갑자기 어린아이처럼 고분고분해져서 순순히 흰 차로 들어간다.

저러고 있으니 술주정뱅이도 빨간불과 파란불의 약속을 잘 지킬 귀여운 인간으로 보이네.

사거리에서 집으로 향하는 길을 선택해 걸어간다.

하루도 빼놓지 않고 밤이 되면 집으로 돌아가는 내가 제일 귀여운 인간.

엄마의 친구인 것 같은 아줌마가 맞은편에서 나를 아는 체하려는 것 같아 정면으로 눈을 맞춘 뒤 인사는 하지 않고 사잇길로 들어가 버렸다.

다음 반상회 때 엄마는 잘못 봤겠죠, 우리 애가 그럴 리가 없잖아요? 하며 아줌마를 미워할 것이다.

동전을 쥐고 오래 걸어왔더니 손바닥에서 땀에 밴 쇠

냄새가 난다. 집이 올려다보이는 공중전화에서 전화를 건다.

오빠? 어디야? 왜 아직 안 와?

(바로 집 앞이야, 금방 들어갈 거야.) 오늘 못 들어갈 것 같아서 전화했어.

왜? 뭐 하는데?

(아무것도. 금방 들어갈 거야.) 곧 있으면 시험 기간이잖아. 친구네 집에서 밤새 공부하기로 했어.

친구 누구?

(친구 누구?) 1학년 때 우리 반 반장이었던 애.

그래? 아, 엄마나 아빠 바꿔 줄까?

(그건 좀 귀찮은데.) 지금 뭐 하시는데?

엄마는 저녁 차리고 있고 아빠는 확인할 서류가 있다고 잠깐 방에.

(자기 포지션을 늘 정확하게 지키는 환상의 콤비.) 아니야, 그럼 됐어. 바쁜데 괜히 방해하기 싫으니까. 그냥 네가 그렇게 전해 줘.

응. 알겠어. 반장 오빠 집에서 시험공부 한다고 하면 되는 거지?

(별로 친하지도 않았는데 미안. 하지만 천사가 됐으니까

이 정도는 이해해 줄 거지?) 그래. 시험공부 한다고. 그럼 끊는다.

주차장에 아버지 차가 보인다. 바퀴가 완벽하게 정면을 가리키고 있고 양옆과 앞뒤 주차선의 간격이 수학 문제를 풀어 놓은 것처럼 정확하다. 땅에 굴러다니는 돌조각으로 차 양쪽 문에 자로 잰 듯 똑바른 선을 하나씩 그어 주었다. 아버지 마음에 들게끔.

엘리베이터 앞에 사람들이 서 있어서 계단으로 올라간다.

경제부처 공무원인 아버지는 거품이 낀 21층 아파트에 살면서 언제나 아파트 값을 떨어뜨릴 방법을 연구하고 있다.

아버지, '국민 체력 증진'이라는 모토로 모든 아파트의 엘리베이터를 철거해 보자고 하세요. 3층 이상에 사는 사람들은 분명 다 집을 팔고 도망갈 거예요.

쉿. 입 다물어. 진짜로 거품이 사라졌다간 우린 다 모가지라고.

집으로 들어가기 위해 비밀번호 네 자리를 3초 간격으로 천천히 누른다. 아버지가 어? 지금 무슨 삐삐 소리가 난 것 같지 않아?라고 의심한대도 엄마가 미간을 찌푸리며 옆집에서 또 전자레인지를 돌리는 모양이에요, 저 집은 우리와 다르게 인스턴트를 자주 먹으니까, 하며 안심시킬 것이다. 두 사람은 인스턴트 음식에 대해서 세 시간도 넘게 토론할 수 있다.

신발은 벗어서 문밖에 두고 현관을 지나 거실로 들어 갔다. 중간에 누구를 마주친대도 아무래도 잠은 집에서 자야 할 것 같아서요,라고 태연히 둘러대면 된다. 잠은 집에서 자야 할 것 같아 돌아왔다는 말에, 가족 모두 흐 뭇한 미소를 지을 것이다.

부엌의 동그란 식탁에 둘러앉은 아버지, 엄마, 동생은 내가 거실을 지나쳐 방으로 들어가는데도 전혀 눈치채 지 못하고 그런데 오빠, 갈아입을 팬티는 있나? 하는 이 야기를 나누고 있다.

없겠지. 갑자기 자기들끼리 공부를 같이 하자고 의기 투합한 모양인데.

그럼 어떡해?

아마 반장 걸 빌려 입어야겠지.

에이, 불결하게.

그래, 여보, 그건 좀 비위생적이네. 다음에 또 이런 일 이 있을 때를 대비해서, 당신이 항상 가방에 여분의 팬티를 챙겨 주도록 해.

그래야겠어요. 정말 신경 쓸 게 한두 가지가 아니라니까.

어쩌겠어. 고3 아들을 둔 학부모의 숙명인걸.

오늘 밤엔, 팬티를 갈아입지 말아야겠다.

엄만 그게 뭐가 귀찮다고. 오빤 죽을 뻔했다가 유일하게 살아남은 생존자잖아. 나는 어제 학교에서 사이렌 소리에 다 같이 묵념을 하는데 하마터면 울 뻔했어. 우리 오빠도 그때 죽을 수도 있었다는 생각을 하니까…….

죽는다느니 뭐니 하는 소리 함부로 하는 거 아니야. 오빠가 죽긴 왜 죽어.

하지만 그 교실에 같이 있었으면 죽었을 수도 있었잖아.

그런 말 하는 거 아니래도.

그래, 엄마 말이 맞아. 애들은 죽는다느니 하는 말 입 밖으로 꺼내는 게 아니야.

죄송해요. 근데 사실은요, 진심을 얘기하면, 저도 오빠가 죽었을 거라는 생각을 진짜로 한 건 아니에요. 그냥 옆에서 자꾸 친구들이 그렇게 말하니까 눈물이 나올 뻔했던 거예요.

뭐야, 그런 거였어?

네. 저는 오빠가 그날 거기에 같이 있었다고 하더라도 절대 죽지 않았을 거라고 생각해요. 앞으로도 절대 죽지 않을 거고요. 알레르기로 몇 번이나 쓰러졌어도 늘 살아난 불사조 오빠잖아요.

그럼, 불사조 오빠지.

우리 딸도 불사조 딸이야.

엄마 아빠도 불사조죠?

그럼, 그럼. 우리 가족은 다 불사조야.

집 안 전체에 웃음소리가 울려 퍼진다. 가슴이 떨린다. 뭐지?

죽어야 하는 건가? 내가 죽을 수 있는 인간이란 걸 세 사람에게 증명하려면 죽어야 하는 건가?

동물원에서, 봄날 길거리에서, 총기 난사 현장에서, 다시 동물원 버드나무 아래서, 죽은 줄 알았는데 내가 자꾸만 살아나니까, 자꾸만 좀비처럼 일어나 걸으니까 가슴이 잠시 설레었던 사람들까지도 모두 나를 얕잡아 보고 있다.

애개, 또 살아났어? 얘 안 죽잖아, 얘 못 죽는 애야.

한 번씩 다시 살아날 때마다, 살아서 부모님과 함께 응급실을 걸어 나올 때마다 점점 시시한 인간이 되어 가고 있다.

시시하지?

저런 굉장한 영화를 만든 감독이 시상식이 열릴 때마다 너무 혈색이 좋은 얼굴로 나타나니까 말이야. 분명, 죽을 거라고 생각했는데. 아니면 다음 영화에 들어가기 전 최소한 자살 시도라도. 트로피에 키스 같은 건 왜 하는 걸까. 아무리 훌륭한 영화를 만든 감독도 영화를 진짜로 취급하지는 않는 모양이야. 뭐? 응, 난 그렇게 생각해. 죽는 것만 진짜 같아. 죽는 것만 진짜야. 그거 말곤 밥을 먹는 것도, 공부를 하는 것도, 집에 들어가는 것도, 이렇게 얘기를 하는 것도 모두 다 위장 같아. 몰라. 왜 그런지는. 그냥 난 그런 생각이 들어. 넌? 넌 안 그래?

정말?

식사를 끝낸 가족들은 늘 그러듯 거실에 모여 앉아 텔레비전을 본다. K식대로라면 텔레비전 시청은 가장 쉬운 초급 단계의 위장. 하루를 마치기 전 과일을 먹으며 함께 텔레비전을 보는 것만으로도 서로가 서로를 안심시킬 수 있다.

오늘도 우리 가족은 평화롭군. 세상이 불행해질수록

우리 가족은 더 행복해질 거야.

우리 집은 안전해. 아무도 몰래 침입할 수 없어.

모든 게 영원할 거야. 사과가 맛있네.

동시에 터지는 저 웃음소리는 중급? 아니면 대단히 고난도의?

각자 방으로 들어가 집 안의 모든 불이 꺼진 다음, 내 방 불을 켰다. 셋 중 누군가 물을 마시거나 오줌을 누기 위해 다시 방을 나왔다가 내 방 불이 켜져 있는 것을 보고 놀라서 방으로 들어오면 태연하게 아무래도 잠은 집에서 자야 할 것 같아. 아까 왔는데, 곤히 자고 있는 걸 깨우기 싫어서,라고 대답하면 된다. 곤히 자고 있는 걸 깨우기 싫었다는 말에 다들 나를 귀엽게 바라볼 것이다. 지켜보는 앞에서 돌돌 말아 벗어 놓은 팬티를 세탁기에 집어넣고 오기까지 하면 그야말로 완벽한 위장.

팬티를 못 갈아입는 것도 영 찝찝하고.

불을 켜 둔 채 침대에 누웠다. 방 벽지가 괴상하다. 오돌토돌한 무늬 때문에 온 공간에 징그러운 종기가 난 것 같다. 매끄러운 질감의 새것으로 바꾸고 싶다. 엄마에게 말해 볼까. 기분 전환 삼아서 벽지를 바꾸고 싶다고 하면, 커튼을 교체했을 때처럼 바로 바꾸어 줄 것이다. 새

벽지. 하지만 만약을 대비해 잘못 해석될 징후 같은 건 되도록 남기지 않는 게 좋지 않을까.

아드님이 방 벽지를 바꾸고 싶다고 했나요?

네. 한 번도 벽지 같은 것엔 신경 쓴 적도 없는 애가 갑자기 벽지를 바꿔 달라고.

뭐라면서요?

그냥 기분 전환을 하고 싶다고요.

그게 다였나요?

네. 그게 다였어요. 흑흑흑. 바꿔 주지 말걸.

기분 전환 삼아 벽지를 바꾸고 싶다는 말을 마지막으로 남기고 죽은 사람이 되어 버린다면.

있잖아, 만약 내가 네가 된다면, 내가 마음에 들지 않는 두 개의 이름을 가진 사람이 된다면, 물론 절대 불가능한 일이지만—나는 총도 없으니까—그래도 만약 그런 일이 벌어진다면, 나의 어떤 것들이 나를 분석하는 자료가 될까 생각해 봤어.

지금껏 한 번도 남에게 주목도, 비난도 받아 본 적 없는 6급 공무원인 아버지와 전업주부인 엄마. 두 사람은 하루아침에 핵폭탄을 키운 문제 부모가 될까?

꽃가루 알레르기에 민감한 발작 환자란 병명은 자연스럽게 육체와 정신을 지배한 콤플렉스로 소개되겠지. 만에 하나라도 내 병력과 범행 사이에 어떤 인과관계가 도출되기라도 하는 날이면 다른 꽃가루 환자들은 기침도 하지 못하고, 마스크도 쓰지 못할 거야.

과학 교과서에 실린 아인슈타인 머리 위로 바보들아, 메롱이라고 달아 놓은 말풍선은 어때? 범죄 동기 전문가들은 나에게 스스로를 아인슈타인에 준하는 천재로 생각한 자아도취적 인간이었다는 딱지를 붙일까?

무더운 여름날 셔츠 하나를 여벌로 챙겨 와서 갈아입곤 했던 습관은. 가장 좋아하는 영화를 적어 놓은 영화 감상부 가입 희망서. 매점 앞에 진을 친 비둘기들을 보고 친구에게 너무 많지?라고 말했던 것. 별 이유 없이 여동생 같은 건 없어, 외동아들이야,라고 했던 거짓말. 성적표. 혈액형. 별자리. 오렌지주스보다 포도주스를 선호하는 건?

그러고 보니 지난 세례식 때 있었던 일은 핵폭탄이 될지도 모르겠다.

그럼 하나님께 죄를 다 사함 받고 천국에서 영생할 것을 믿습니까?

네. 믿습니다.

교회 성년 세례식을 앞두고 내 나이 또래의 아이들 열 명 정도와 함께 목사님 응접실에 모였다. 세례식이라고 해서 전날부터 긴장했는데 그냥 준비된 질문에 네, 믿습니다, 대답하기만 하면 되는 간단한 일이었다. 그런데 내 차례가 됐을 때 나는 기어들어 가는 목소리로 헛소리를 하고 말았다.

저는 제가 천국에 갈 수 있을 것 같지가 않아요.

나는 목사님이 내 말에 감동받을 것이라고 생각했다. 나보다 앞서 대답한 애들은 하나같이 천국에 가는 것을 백화점에 가는 일 정도로 생각하고 있었으니까.

세례식이 끝난 뒤 목사님이 다른 애들은 먼저 다 나간 방에 나만 따로 불러서는 하나님은 너같이 양심 밝은 아이를 위해 천국에서 가장 좋은 자리를 마련해 두었다는 이야기로 안심시키지 않을까. 그러면 난 손사래를 치며 아니에요, 그런 말씀 마세요, 전 정말 자신이 없어요, 착한 일을 한 것도 없는데, 다른 사람이 죽어 버리길 바란 적도 있는데요, 하고 고백하겠지. 내 존재는 목사님에게 큰 고뇌를 안겨 줄 거야. 어쩌면 자신의 일에 회의를 느끼고 교회를 떠나 버릴까. 이런 상상을 했었다.

그런데 목사님은 아무런 번민 없이, 주저함도 없이 자판기 버튼을 누르면 나오는 알루미늄 캔처럼, 믿음이 부족해서 그런 거라고 훈계했다. 믿음을 가지면 되는 거예요. 알겠죠?

목사님과 다른 애들이 이날의 일화를 기억해서 증언한다면 나는 어떤 사람이 될까? 다른 애들은 다 쉽게 하는 대답 하나 해내지 못하고 세례식 분위기를 망가뜨린 괴짜? 천국에 가는 것도 무서워한 겁쟁이? 앞으로 자신이 지을 죄를 미리 예고한 사이코?

오줌이 마려워 방에서 나와 화장실을 갔다. 오줌을 누니 색이 평소보다 훨씬 노랗다.

이래서 오렌지주스보다 포도주스가 더 나은 건데.

변기 물은 내리지 않고 그냥 나온다.

엄마는 아버지와 여동생을, 여동생은 엄마와 아버지를, 아버지는 여동생과 엄마를 서로서로 의심하도록.

바람을 쐬기 위해 발코니로 나왔다. 맞은편 아파트에 오직 한 집에만 불이 켜져 있다. 내가 나오기를 기다리고 있었던 것 같아서 손을 흔들며 인사한다.

이봐요. 잠 안 자고 뭐 해요?

어, 난 좀 할 일이 있어서.

무슨 할 일이요?

말해도 이해하지 못할 텐데.

이해하도록 노력해 볼게요. 무슨 일을 하는 거예요?

깨어 있는 것.

깨어서 무엇을 하는데요?

무엇을 하는 게 아니라 깨어 있는 일을 하는 거야.

그걸 해서 뭐 하는데요?

무엇을 하기 위한 게 아니라 깨어 있기 위한 거라니까.

이해가 안 돼요.

그래서 이해하지 못할 거라고 했잖아.

이해하진 못하지만, 존경은 할 뻔했는데 그 순간 맥없이 불이 꺼져 버린다. 나처럼 새벽에 화장실을 가기 위해 잠깐 불을 켜 두었던 것뿐인가 보다.

모든 인간이 불을 끄고 다 자거나, 자는 척을 하고 있다.

겁을 먹은 걸까?

밤에 잠을 자지 않으면 뇌에 이상이 생긴다는, 밤 10시부터 새벽 2시 사이에는 꼭 잠을 자야 한다거나 8시간 수면이 최적이라고 지나치게 구체화해서 주기적으로 발표하는 연구들은 어쩐지 인간을 억지로 재워 그동안에 뭔가를 숨기려고 한다는 느낌을 준다.

뭘 할 속셈인 걸까.

밤에는 작은 빛줄기까지 완전히 차단한 채 잠을 자야 이상 세포 변이가 일어나지 않는다는 아침 뉴스가 나온 당일 오후, 학교에서 돌아와 보니 엄마가 집에 있는 커튼을 모조리 바꿔 달고 있었다.

밤이 되면 아무 소리도 들리지 않고, 아무런 빛도 새어 들어오지 않는 격리된 공간에서 충분히 잠을 자야 뇌가 건강해진다잖아.

정말 뭘 할 속셈인 걸까.

감기는 눈꺼풀을 억지로 떠 보지만 어느 순간, 몸이 기우뚱거리더니 프로그램화 된 것처럼 바닥으로 쓰러져 버린다.

도대체 뭘 하려는 속셈인 걸까.

물소리가 들려 일어나 보니 엄마가 불이 켜진 부엌에서 쌀을 씻고 있다. 엄마는 늘 새벽에 일어나 쌀을 씻어 불려 놓은 뒤 다시 잠을 자러 갔다가 아침에 밥을 안친다.

그냥 예약을 해 놓으세요. 귀찮게.

모르는 소리. 이렇게 딱 두 시간만 쌀을 불려야 밥맛

이 가장 좋은걸. 엄마는 우리 가족에게 세상에서 가장 맛있는 것을 먹이고 싶어.

맛있는 것, 세상에서 가장 맛있는 것을 먹어서 뭐 한다고.

뒤돌아 서 있는 엄마의 등 뒤를 지나 방으로 들어가서 가방을 챙겨 가지고 나온다.

엄마가 내 인기척을 느끼고 비명을 질러 온 가족을 깨우면 태연한 얼굴로 아무래도 잠은 집에서 자야 할 것 같아 왔는데, 곤히 자고 있는 걸 깨우기 싫어서 말 안 했어요, 못 끝낸 시험 과목이 있어서 학교에 일찍 갈게요, 하고 둘러대면 된다. 학교에 일찍 간다는 말에, 다들 안심할 것이다.

문을 열고 나와 밖에 내놓은 운동화에 발을 집어넣는다. 밤새 아무 말 없이 재촉도 않고 문 앞에서 나를 기다려 줬다.

바보 같긴. 도망쳤어야지. 굴욕을 당하기 전에.

신발 속으로 완전히 발을 집어넣는 게 귀찮아 뒤축을 대충 구겨 신고 계단으로 내려간다. 신발을 구겨 신고 걷는 것만으로도 가족들이 부끄러워할 만한 사람이 된 것 같다.

고작 신발 끄는 소리로는 부족하다. 아파트 물탱크를 청소하는 사람이나 도로 정비공, 구두닦이가 되어 가족들을 부끄럽게 하고 싶다. 길에서 마주쳐도 못 본 체 피해 가는 사람이 되고 싶다. 부끄러워 입에 담지도 못하는 사람이 되고 싶다.

여어. 2101호 학생. 이 새벽에 학교 가는 거야? 역시 사무관님 닮아서 부지런하네.

손을 들어 보이는 경비 아저씨를 향해 나도 모르게 고개를 끄덕거려 인사를 해 버리고 말았다.

오늘의 첫차일 버스 몇 대가 어둠이 짙은 도로에 헤드라이트를 쏘며 달려오고 있다. 숨은 범인이라도 수색하듯 아직 잠이 덜 깬 도시의 얼굴에 빛을 비춘다. 주차된 차 밑에 숨어 있던 고양이가 놀라 도망간다. 조금이라도 어두운 곳이 있으면 그곳을 환하게 밝히지 않고서는 안심이 되지 않는 모양이다.

하지만 기사님. 환한 길에 쓰러져 있는 인간을 바퀴로 밟은 다음 놀라는 것보다, 어두운 곳에서 뭔가 물컹한 물체를 밟은 뒤, 어젯밤 트럭 과일 장수가 길에 오렌지라도 떨어뜨리고 갔나 보군, 하고 생각하는 편이 훨씬 낫지 않나요.

내가 버스를 탈 것처럼 서 있다가 타지 않으니까 운전
기사가 문을 쾅 닫으며 떠나 버린다.

인간이든 오렌지든 아침부터 죽는 소리 하지 말라고,
재수 없게.

여기는 살아 있는 사람들의 하루 운과 스케줄을 고려
해 최소한 오후 다섯 시가 넘어서까지 죽도록 안간힘을
써야 하는 세계.

야, 너.

불만에 가득 찬 목소리가 누군가를 불러 고개를 돌
려 보았다.

그래, 너. 너 인마, 학생이면 학생답게 신발 똑바로 신
고 다녀. 버릇없게 바닥에 찍찍 끌지 말고.

환한 곳에서는 절대 누구에게도 큰소리를 못 칠 것처
럼 생긴 남자가 나에게 훈계한 뒤 자기 갈 길을 간다. 또
다른 술주정뱅이? 몽유병 환자? 마약 중독자?

나는 뒤축을 펴 신발을 제대로 신는다. 한결 가벼워진
발걸음으로 남자의 뒤를 쫓는다.

남자는 내가 미행하는 것을 눈치채지 못하고 어디로
이어지는지 모르겠는 좁은 골목으로 들어간다. 나는 넥
타이를 풀어 양손으로 팽팽하게 당긴다. 자기는 양말도

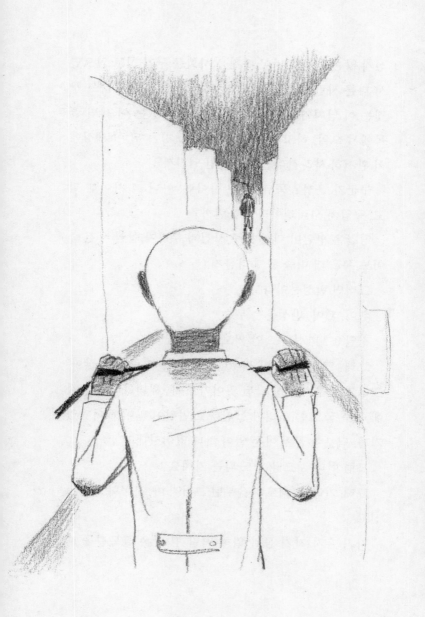

신지 않은 맨발로 낡아 빠진 신사화를 구겨 신고 있으면서 다른 사람에게 야, 너 신발 똑바로 신고 다녀,라고 꾸짖는 이 남자가 지금 아무도 보는 사람 없는 이 새벽 골목에서 으악, 하고 짧은 비명 소리를 지른 뒤 이 세상에서 완전히 사라진다면 충격적인 일일까?

누군가 울까? 묵념할까? 사이렌, 아니 그 사이렌 말고, 구급차 사이렌이라도 울릴까?

경찰은 병원비 미납 도주 사건과 부랑자 살인 사건 중 어느 쪽을 더 비중 있게 다룰지.

그러면 반성문이라도.

됐어, 됐어. 반성문은 무슨.

정말요? 반성문도 안 써도 돼요?

그래, 그래. 어차피 써 봤자 읽어 볼 사람도 없잖아. 그리고 경찰 치안상 잘된 일이기도 해. 새벽마다 골목길에 구두 굽 끄는 소리가 들린다고 민원이 많이 들어왔었거든. 덕분에 골치 아픈 일이 하나 없어졌네.

그럼 이대로 그냥 가도 되는 거예요?

그래, 가라. 그래도 다음부턴 그러지 마. 운동화 똑바로 신고.

자기 혼자 자기 몸과 얽혀 버린 뱀 같은 골목길을 빠

져나오자 남자와 같은 행색을 한 수십 명의 사람들이 긴 줄을 이루고 있다. 남자가 그 줄 맨 뒤로 가서 선다. 나는 골목 어귀에서 조금 기다렸다가 다른 사람이 남자 뒤에 서는 걸 보고 그 뒤에 가서 섰다. 내 뒤로도 줄은 계속 길어진다.

앞뒤에서 더러운 모발 냄새가 풍긴다. 벽에서는 오줌 냄새가 진동한다. 씻지 않는 인간은 맨들맨들한 등을 가진 바퀴벌레만도 못하다. 그러나 뭐, 어젯밤엔 나도 샤워를 하지 않고 팬티를 갈아입지 않았으니까.

베드로의 집.

앞줄이 줄어들면서 발이 저절로 그런 이름의 간판을 단 곳으로 들어섰다. 안에서 하얀 수증기가 뿜어져 나온다. 수많은 사람들이 식탁에 앉아 밥을 먹고 있다. 하루 종일 하는 일이라곤 길거리에서 행패를 부리거나 빈둥대는 것밖에는 없는 사람들이 새벽부터 가장 일찍 일어나 밥을 먹고 있다. 나를 혼냈던 남자도 식판을 들고 밥을 받는다. 나도 따라서 식판을 들고 배식대 앞으로 간다. 배식 담당 아주머니가 남들보다 더 많은 양의 밥을 퍼 주면서 부끄러워하지 말고 내일도 꼭 와서 아침 먹고 학교 가, 응? 한다.

부끄러워하지 말라는 말에 갑자기 식판을 든 손이 부끄러워진다.

역시 밥을 먹는 건 부끄러운 일이었나.

신사화를 구겨 신은 맨발의 남자는 무기를 드는 것 같은 자세로 숟가락을 들고 살인을 저지르는 것 같은 얼굴로 우걱우걱 콩나물무침을 씹어 먹는다. 수혈이라도 받듯 따뜻한 김치순두붓국을 들이킨다. 일그러졌던 남자의 얼굴에 차츰 분홍빛 온기가 돈다. 그는 술주정뱅이도, 몽유병 환자도, 마약 중독자도 아닌 것 같다.

그냥 배가 몹시 고팠던 사람.

누구의, 몇 명의 입 속으로 들어갔는지 알 수 없는 수상한 숟가락. 이 숟가락이 혀에 닿는 순간 분명히 바이러스성 병균에 감염될 것이다. 어쩌면 여기 베드로의 집은 도시의 부랑자 수를 효율적으로 관리하기 위한 정부 통제 기관이 아닐까.

이런, 사무관님. 지난달까지는 저희 구역의 부랑자 수가 154명이었는데 이번 달에만 벌써 167명으로 늘어났습니다.

그래? 이러다간 연말쯤에는 마지노선인 200명을 초과해 버리겠군. 안 되겠어, 당장 그곳에 연락해.

그곳 말이지요?

그래. 그곳.

연락해서요?

내일 아침 식사 때 극비리에 13명 분의 국에만 그것을 타라고. 그래, 그것 말이야.

김치와 순두부를 넣어 끓인 국에서 이상한 냄새가 난다. 오래된 외국산 재료들로 만든 것 같다. 순두부도 진짜 순두부가 아니라 두부 공장에서 다 쓰고 남은 걸 받아 온 찌꺼기.

진짜 순두부건 찌꺼기건 아무 상관 없는데, 오히려 신선하고 질 좋은 영양가 있는 음식을 보면 토가 나올 것 같은데도 좋은 걸 먹고 싶어 하는 본능이 그것을 정확히 구분한다. 조금이라도 더럽거나 위험해 보이는 건 절대 몸속으로 들여보내지 않으려 하는 감각들.

하여튼 되게 살고 싶어 한다니까.

옆자리의 남자들은 야, 오늘 김치순두붓국은 진짜 진국인데, 멸치로 육수를 냈나 봐, 감탄하며 식판을 깨끗이 비운다. 내가 미행했던 남자는 벌써 식사를 마치고 밖으로 나가고 있다. 문을 나서기 전, 그는 구겨 신었던 구두 뒤축을 손으로 펴 반듯하게 세우고 열어젖혔던 점

퍼 지퍼도 채운다. 나는 밥이 그대로 남은 식판을 두고 자리에서 따라 일어났다. 들어오려는 사람들로 북적이는 입구를 간신히 빠져나와 보니 그는 이미 어딘가로 사라진 뒤다. 구두 굽을 끄는 소리도 이젠 들려오지 않는다.

증오심을 주었던 한 인간이 아예 없어져 버렸다. 나는 왼손에 꽉 쥐고 있던 넥타이를 다시 목에 맨다.

그때 길이 꺾인 골목 저편에서 수상한 소곤거림이 들려온다. 나는 벽에 바짝 몸을 붙이고 그 소리에 귀를 기울인다.

오늘 밤이 좋아, 오늘 밤이.

그래, 역시 밤이 나아.

답답한 인간들 같으니라고. 꼭 밤에 해야 한다는 그 고정관념을 깨라고. 그냥 과감하게 오늘 오전을 노리는 거야. 아침 식사 정리한 뒤엔 신부가 늘 방에 혼자 있잖아.

아무리 그래도 오전은 좀 그렇지 않아?

뭐가 좀 그래?

너무 환하잖아.

그래, 너무 환한 건 좀 그래.

깜깜한 데서 사람 죽이는 거랑 환한 데서 사람 죽이는 거랑 뭔 차이야? 그래 봤자 똑같이 사람 죽이는 건데.

아니, 그래도 사람 기분이란 게.

에잇, 퉷. 하기 싫으면 둘 다 하지 마. 생각해서 끼워 줬더니 이 겁쟁이들. 밤엔 문을 잠가서 그거 풀려면 다 때려 부수고 들어가야 하는데 일 복잡해지게 자꾸 뭔 밤 타령이야. 베드로 신부 금고에 현금이 얼마나 쌓여 있는지 알아? 빠지려면 빠져. 나야 아쉬울 거 없어. 내 몫이 늘어나니까.

왜 이래, 또. 안 하겠다는 게 아니잖아.

하여튼 이 형님 성질 한번 진짜 불같다니까.

벽 너머를 살며시 보니 부랑자 차림의 세 사람이 머리를 맞대고 살인을 모의하고 있다. 방금 전 베드로의 집에서 아침 식사를 하고 나온 얼굴들. 급식 봉사자한테 밥을 많이 달라고 아부를 하고는 요란한 소리를 내 가며 국에 밥을 말아 먹었던 사람들이다.

콜록.

이 삭막한 곳으로도 꽃가루가 날아드는지 갑자기 참을 수 없이 기침이 나온다.

누구야, 거기.

나는 재빨리 바지 지퍼를 내리고 벽에 오줌을 갈긴다. 가장 빨리 골목을 돌아온 부랑자들 중 한 명이 나를 발견하고는 뭐야, 꼬마였잖아, 혼잣말을 하고는 나머지 공범들에게 별거 아냐, 웬 꼬마가 여기서 오줌을 다 누네, 라고 알린다. 이윽고 세 명은 살인을 모의할 때처럼 둘러서서 내 가운데 신체 부위를 응시한다.

좋군.

좋아.

역시, 아직 어리니까.

호시탐탐하는 눈길에 나는 오줌을 끊고 슬그머니 지퍼를 올렸다. 아무 일도 없었던 척하고 싶은데 벽에서 따끈따끈한 김이 피어오른다. 내 몸속의 온도가 저렇게 뜨겁다는 것이 부끄러워 나는 불을 끄듯 신발로 오줌 눈 흔적을 문질러 버렸다. 그러자 세 명의 부랑자들은 나보고 들으라는 듯 오줌 안 싸고 사는 사람도 있나, 똥 안 싸고 사는 사람도 있나, 밥 안 먹고 사는 사람도 있나, 한 사람씩 돌아가면서 외친 뒤에 자기들끼리 키득거리면서 비슷비슷해 보이는 골목 어딘가로 들어가 버린다. 해가 떠 있는 오전에 살인을 하려고.

베드로 신부님 좀 만나러 왔는데요.

무슨 일로?

알려 줘야 할 것 같아서.

뭘 알려 줘?

베드로 신부님이세요?

아니, 난 신부님이 아니라 자원 봉사자인데.

베드로 신부님을 만나러 왔다고요.

얼굴을 찌푸린 여자가 알려 준 대로 베드로의 집 건물을 끼고 뒤로 왔더니 파, 양파, 감자 등 채소 자루가 쌓여 있는 마당이 나온다. 그곳에서 한 나이 든 외국인이 서류가 든 파일을 들고 식자재들을 살펴보고 있다.

베드로 신부님?

외국인이 허리를 펴고 나를 돌아본다.

날 찾아왔나요? 누구죠, 학생은?

오늘 아침에 여기서 밥을 먹었어요.

아, 그래요? 맛있게 잘 먹었나요?

아뇨. 너무 맛이 없어서 다 남겼어요.

저런. 나는 지금껏 우리 집을 찾아오는 사람들한테 음식을 남기는 건 죄라고 가르쳐 왔는데.

걱정 마세요. 그걸 믿는 사람들은 밥 한 톨 남기지 않고 식판을 깨끗이 비웠으니까.

오, 정말 다들 그러던가요? 기쁜 일이네요.

베드로 신부가 웃으며 들고 있던 파일을 자루 위에 올리는 순간, 맨 위에 놓여 있던 감자들이 시멘트 바닥으로 와르르 쏟아진다. 신부가 감자를 줍기 위해 무릎을 굽혀 쪼그려 앉았다. 신부는 감자는 땅에 떨어져서 흠집이 나도 얼마든지 먹을 수 있는 좋은 채소라면서 내일은 매시트포테이토를 만들어 볼까요, 한다.

이렇게 낙천적인 인간이 있다는 건 어쩐지 불공평한 것 같다. 같은 인간으로 태어나 같은 나라, 같은 장소에 사는데 왜 혼자만 아무 죄도 짓지 않고 혼자만 죽음에서 벗어나 있는 것 같은 얼굴일까. 그에게 죽음의 공포를 주고 싶다.

그건 안 될 거예요.

아, 역시 우리 한국인 입맛에 매시트포테이토는 아닌가요?

그게 아니라 신부님은 내일 아침 여기 없을 테니까.

내가 왜 내일 아침 여기에 없죠? 나는 26년째 이곳에 있었어요. 난 여길 떠날 생각이 없어요. 이젠 여기가 내 고향이에요.

나는 감자를 줍는 척 앉아 신부에게로 바짝 다가간다.

죽음이 이렇게나 가까이 와 있다는 것을 알아야 한다.

신부님을 죽이려는 사람들이 있어요.

네?

믿기 어렵겠지만 믿으셔야 해요. 어떤 사람들이 모여서 신부님을 죽이자고 얘기하는 소리를 들었어요. 오늘 오전에 죽이러 올 거예요.

하하하.

별안간 큰 웃음을 터뜨리는 신부. 영문을 모르겠어서 물끄러미 쳐다보니 신부가 내 머리를 쓰다듬는다.

혹시 우리 집에서 밥을 먹은 사람들 아니던가요?

맞아요.

그 사람들, 6년 동안 그렇게 살인 모의만 하고 있답니다. 저한테도 몇 번 들킨 적 있죠. 아직도 저를 낮에 죽일 건지, 밤에 죽일 건지를 두고 대립하고 있던가요? 대체 실행은 언제 할지. 하하하.

안 무서우세요?

무서워할 게 무언가요? 어차피 인간은 다 죽기로 정해져 있는데.

하지만 살인당하기로 정해져 있는 건 아니잖아요.

모든 인간은 결국 다 살해돼 죽는 거예요. 인간의 숨

을 거두어 가는 손길은 다 살인 아닌가요?

그 말은 신이 살인자라는 뜻?

베드로 신부는 다시 내 머리를 쓰다듬으며 학생은 이만 학교에 가야 할 시간이라고 말한다.

골목길을 빠져 나오는데 뱀이 자꾸만 발목을 핥아 대며 속삭인다.

네가 그 부랑자들보다 먼저 가서 베드로 신부를 죽여 봐. 그리고 네 눈으로 확인해 봐. 진짜로 목이 졸려 숨이 끊어지는 순간에도 그 바다 같은 푸른 눈동자가 두려움으로 조금도 일렁이지 않는지. 너를 보고 신이시여,라고 외치는지.

주관식 마지막 문항) 신은 살인자라는 명제가 참일 때 살인자는 신이라는 역도 참이 되는가?

해가 떠오르기도 전에 집을 나섰는데 이상하게 지각생이 되어 버렸다. 다들 학교로 들어가지 못하고 닫힌 교문 앞에서 쩔쩔매고 있다. 나는 애들을 제치고 맨 앞으로 걸어간다. 등교 지도를 맡은 선생님이 나를 발견하고 서둘러 교문을 열어 준다.

힘들겠지만 내일부터는 일찍 오도록 해 봐, 알았지?

선생님은 나만 안으로 들여보내 준 뒤 다시 가차 없이

창살 달린 쇠문을 닫아 버리며 외친다.

너희는 벌 좀 받아야 해.

천국도 이런 식으로 운영되는 것이라면.

야, 천국이라니. 이제 와 다시 천국이라니. 사실은 천국에 되게 가고 싶었던가 보네. 다른 애들을 떠밀고 제일 먼저 가고 싶었던가 보네.

조회에 들어온 담임은 출석을 부른 뒤, 결석한 사람이 없는 것을 확인하고는, 특히나 내 이름을 호명했을 때 내가 손을 들고 네,라고 대답하는 것에 야릇한 미소를 보이면서 교실을 나간다. 내가 어제 죽었을 거라고 생각한 걸까.

어제 조퇴하고 뭐 했어?

아무것도.

아무것도? 기껏 조퇴까지 했는데 아무것도 안 했어?

응.

병신. 아깝게.

정말 병신. 아깝게 아무것도 안 하다니.

수학 시간엔 내가 얼마나 멍청한지를 배우고 사회 시간엔 내가 얼마나 겁쟁이인지를 배우고 생물 시간엔 내가 얼마나 엉터리인지를 배운다. 수백 명을 한곳에 몰

아넣은 학교의 목적은 그 사실을 빨리 깨닫도록 도와주는 것.

훌륭한 인간이 되기 위해선 훌륭하게 태어나야 해.

짙은 파란색 체육복으로 갈아입고 혹시나 수업에 늦을까 봐 허겁지겁 운동장으로 뛰어갈 땐 서류상의 오류 때문에 잘못 붙잡혀 온 소년원생이 된 것 같다.

전 여기에 올 사람이 아니에요. 전 그런 짓 안 했어요.

거짓말 마.

정말이에요. 제가 그런 게 아니에요.

거짓말 마.

왜 안 믿어 줘요? 정말 내가 그런 게 아닌데.

거짓말 마.

(꼴깍)……. 정말 내가 그랬나?

콜록. 콜록.

꽃가루 알레르기 때문이 아니라 침이 목에 잘못 걸려 기침을 했는데, 체육 선생님이 나를 겨냥해 몸이 안 좋은 사람은 쉬엄쉬엄해, 벤치에 가서 쉬어도 좋고,라고 한다. 여전히 파쇼 머리를 하고 있기는 하지만, 내가 총기 난사 사건에서 유일하게 살아남은 생존자가 된 뒤로는 눈치를 살피는 파쇼가 되어 버렸다. 내가 이렇게 부끄러운데, 선생님은 얼마나 더 부끄러울까.

연습 많이 했어?

아니.

자신 있어?

아니.

그럼 어쩌려고?

모르지, 나야.

뭐야, 남의 일처럼.

체육 실기 평가 종목은 배구공을 50센티미터 이상 높이로 오십 번 토스하는 것. 검은 비석들이 박혔던 운동장에 오늘은 하얀 공이 튀어 오른다.

본관 외벽에 걸린 거대한 시계가 정오를 향해 가고 있다.

베드로 신부는 죽었을까. 아니면 부랑자들은 또다시 실패하고 골목으로 숨어 들어가 다시 살인을 모의할까.

공이 손에 잘못 비껴 맞아 운동장 멀리 굴러가 버렸다. 누군가 막아 주지 않을까 기대했지만 다들 자기의 공을 올리는 데만 충실해 굴러가는 공 같은 것엔 눈길도 주지 않는다. 파쇼는 이미 훌륭한 체육 특기자 옆에 붙어 서서 더 훌륭한 자세 시범을 보여 주고 있다.

나는 공을 주우러 운동장을 달려간다. 공은 천천히 멈추는가 싶더니 경사진 곳을 만나 빠르게 교문 쪽으로 굴러가 버린다. 나는 숨을 헐떡이며 공을 쫓아간다. 도중에 수위 아저씨가 나를 발견하고는 또 그 사생아 프린스를 보는 것 같은 눈빛으로 어디 가느냐고 묻는다.

저기, 공 때문에.

수위 아저씨는 나보다 먼저 교문을 빠져나간 공을 힐끔 보며 아, 하고 반응하더니 손바닥을 흔들며 어서, 어서, 재촉한다.

나는 가볍게 목을 수그린 뒤 교문 밖으로 달려 나간다. 교문을 나왔지만 공은 온데간데없다. 나는 헐떡이는 숨에 기침까지 해 가며 공을 찾는다.

공은 철저히 물리의 법칙에 지배당하는 물체. 나는 아래로 비탈진 길을 따라가며 공을 찾지만 꽤 멀리까지 와도 공은 보이지 않는다.

모래를 실은 덤프트럭이 경적 소리를 내며 도로를 달려간다.

덤프트럭이 사라진 뒤 차도 한복판에 배구공이 놓여 있다. 포악한 검은 바탕 위에 놓여 있는 희고 작은 구.

거긴 어떻게 간 거야.

넘어왔지. 나는 너보다 용감하니까.

이리 와. 거기 있다간 죽어.

죽는 건 빵, 하고 터지는 거. 네가 이리 와 봐.

내 앞을 낮은 펜스가 가로막고 있고 공중에 신기루 같
은 모래가 아른거린다.

번외

2018년 9월 20일 1판 1쇄
2021년 7월 12일 1판 2쇄

지은이	박지리
그린이	소윤경
편집	김태희, 장슬기, 나고은, 김아름
디자인	홍경민
제작	박홍기
마케팅	이병규, 양현범, 이장열
인쇄	천일문화사
제책	J&D바인텍

펴낸이	강맑실
펴낸곳	(주)사계절출판사
등록	제406-2003-034호
주소	(10881) 경기도 파주시 회동길 252
전화	031)955-8588, 8558
전송	마케팅부 031)955-8595 편집부 031)955-8596
홈페이지	www.sakyejul.co.kr
전자우편	skj@sakyejul.co.kr

ISBN 979-11-6094-396-2 04810
ISBN 979-11-6094-050-3 (세트)

이 도서의 국립중앙도서관 출판예정도서목록(CIP)은 서지정보유통지원시스템 홈페이지
(http://seoji.nl.go.kr)와 국가자료공동목록시스템(http://www.nl.go.kr/kolisnet)에서
이용하실 수 있습니다.(CIP제어번호: CIP2018028638)